「生きよ」という声

鮎川信夫のモダニズム

岡本勝人

左右社

「生きよ」という声

鮎川信夫のモダニズム

目次

プロローグ

私が鮎川信夫の姿を目にしたのは、石原吉郎の追悼の会だった。

世田谷の講演会場の一番うしろの席だった。清水昶の講演の後に、石原吉郎の晩年の詩集『足利』の「一期《いちご》」という詩を朗読した。「一期にして／ついに会わず／膝を置き／手を置き／目礼して　ついに／会わざるもの」。せき込むような早口の言葉の流露だった。背の高い眼鏡をした男、これが鮎川信夫という詩人だ、という思いをいだいて帰路についた。詩人の姿を記憶の奥から取り出すにしても、雑誌に掲載された写真のほかには、わずかにそのときの姿しか思い浮かばない。

鮎川信夫の詩的世界は、「戦後詩」がかかえた多くのアポリア（難問）を裸の身にまとったものだ。彼は戦前から戦後へと時代と価値観が変化するなかで、複雑に屈折した詩の形相をみせながら、時の流れのなかを走って、逝った。

戦前には、第一次の『荒地』（一九三九年三月号―一九四〇年五月号、全五冊）があり、後に、MやTとして語られる森川義信や牧野虚太郎たちとの詩の共同体があった。

> 一九三八年十一月に、当時私が在籍していた早稲田大学文学部予科の学生十数人が集って同人誌を発行する計画をたて、何回か会合を開いた結果、誌名を〝荒地〟と決定した。この雑誌は翌年三月に創刊され、二年間ぐらいのうちに六冊《ママ》刊行して終っている。主要なメンバーで記憶に残っている者を挙げると森川義信、竹内幹郎、藤川清、山野淑夫、二宮佳景、藤井雅人、茂木徳重、冬村克彦、桑原英夫等である。
>
> （『鮎川信夫戦中手記』「後記」）

鮎川自身も戦地へ赴き、森川が死んだ戦争を経て、戦後初期には、戦争体験を何らかの形で引きずる一九二〇年前後に生まれた詩人たちとの新たな『荒地』を先導する役が存在した。中桐雅夫、堀越秀夫、疋田寛吉、三好豊一郎、北村太郎、木原孝一、黒田三郎、田村隆一、加島祥造らである。

戦後発刊された『荒地　詩と批評』（一九四七年九月号―一九四八年六月号、全六冊）、『年刊　荒地詩集』（一九五一―一九五八、全八冊）、別冊『詩と詩論』（一九五三―一九五四、全二冊）および『荒地詩選』（一九五七、全一冊）が、戦後『荒地』の詩人たちの精神共同体の全貌である。

一九五四年には、やがて鮎川信夫と時代の同伴者となる吉本隆明が「火の秋の物語」の詩によって参加した。シベリアから帰還した石原吉郎は、『荒地』の最後の段階のアンソロジー『荒地詩集1958』に「五月のわかれ」などの十八篇の詩によって参加する。その号には、吉本隆明の評論「芥川龍之介の死」もみられるが、「戦後」を象徴するこのふたりの詩人を発掘して世に出したのも、鮎川信夫であった。

田村隆一が後年、同時代を共有した彼らの肖像をこう描き出している。

一九二三年（大正十二年）の三月のある朝、ぼくは東京の大塚に生れた。その半年後、関東大震災によって、東京の旧市内の大半は壊滅する。〔略〕鮎川信夫は東京小石川で三才、北村太郎は浅草で一才、木原孝一は本所で一才、三好豊一郎は八王子で三才、中桐雅夫は神戸で四才、黒田三郎は鹿児島で五才、ぼくは〇才、吉本隆明は母の胎内にあった。山本太郎はさらに、彼の母の受胎をその翌年まで待たなければならない。

（田村隆一『若い荒地』一九六三年）

バブル経済が崩壊し、失われた二十年を経て、現在は格差社会といわれる貧富の差が激しい高度資本主義社会の時代である。

「戦後」の廃墟からの復興と高度成長、バブル経済とその挫折は、政治的には左右陣営の抗争の時代だった。そうした時代を知らない現在の若い世代にとって、鮎川信夫という存在は、どのように映るだろうか。

いま現代詩を読むのは仲間の詩人だけである。現代詩は置きざりにされているという巷間の説がある。戦争世代としての鮎川信夫を問題とするには、現実的に、大きな時代の開きを感じる。

現代詩や詩一般に関心を寄せるひとさえ、詩を書くことへのスランプを感じたためか、十年は詩を書かないつもりらしい、と晩年の鮎川信夫を語っていた。そうやって、鮎川の詩は読まれなくなっていった。

しかし、その反面、鋭く時代を語る社会コラムをさまざまな週刊誌に書く姿には、大海原で巨大な白鯨が航行するような詩人の勇姿がみられた。そこには、詩人と批評家が社会の海原で分離する道程の白い航路があるようにみえる。

それは、私たちにとっては、ひとつのとまどいであった。やがて二十世紀末から二十一世紀初めにかけて社会と世相が外も内も、九・一一や三・一一によって、「戦後」がその中心を失って拡散する。そこに、現代詩の状況もあきらかに反照していたのだ。とりわけ、戦後詩とその意味を継承する鮎川信夫の詩と批評が、ある接続と切断として語られる場合には、現代詩人のおかれた象徴的な状況を語るように思える。

私はいま、自らを戦争期の「遺言執行人」とした鮎川信夫の存在とテクストをあらためて問題にしてみたい。鮎川信夫というすぐれた詩人の書いた詩のテキストの再読という意味だけではない。この試みは戦争体験から戦後七十年という過ぎ去った時代を反照するものとなるだろう。そしてそれは、いま必要なことのように思える。

第一章　出発

戦後詩は、『荒地』の詩人たちによって、出発した。彼らは、戦前のモダニズム詩の自由な気風の影響を受け、同時代の経験として戦争体験をもっていた。その中心人物が、鮎川信夫である。

鮎川信夫の詩の総体を、いくつかの分類やカテゴリーに分けることは、これまで多くの評者が試みてきた。

戦前と戦後の詩作の同一性と差異についての論証が試みられ、前世代の詩人たちが格闘してきた戦前モダニズムが、戦争や全体主義に対して無力であったという批判がある。また他方では戦後詩の方法としての革新性を指摘しつつ、戦前からのモダニズム詩との持続性に論拠の中心を置く論証もなされてきた。

戦後詩の誕生

戦後詩のはじまりとされる、鮎川信夫の「死んだ男」や「病院船室」は、「戦後」という文脈に確固と位置づけられる詩である。そこにうたわれた「遺言執行人」こそ、鮎川信夫が自らに命名した戦後詩人のことであった。戦後詩の誕生を告げるこの詩の一節を読んでみよう。

たとえば霧や
あらゆる階段の跫音のなかから、
遺言執行人が、ぼんやりと姿を現す。
——これがすべての始まりである。
〔略〕
「さよなら、太陽も海も信ずるに足りない」
Mよ、地下に眠るMよ、
きみの胸の傷口は今でもまだ痛むか。

（『鮎川信夫全詩集』Ⅰ 1946～1951「死んだ男」）

病院船はとても重かったり、軽かったりして、
人間の遠い未知の故郷へ
彼方へと走っていた。
「この病院船の磁針がきみらを導いてくれる」と船長は言う、
だが何処へ？　ヨオロッパでもアジアでもない
幻影のなかの島嶼……
厚いガラスの窓からは
まるく小さな海と空が見えるばかりだった。

（『同』「病院船室」）

『荒地』世代の次世代となる、大岡信と谷川俊太郎編集の『現代の詩人2　鮎川信夫』（一九八四）には、南方のガダルカナル、マッキンターラ、サイパン、テニアン、ナウルや旧満州など、太平洋戦争期

の戦場だった場所の写真が掲載されている。

鑑賞を寄せているのは、前人未到の大冊『北村透谷試論』（一九七四―一九七七、全三巻）と『現代詩論集成1　鮎川信夫と「荒地」の世界』（二〇一四）をまとめた北川透によるものだ。北川は、現代詩に関する吉本隆明の理論を継承する系譜に連なる、詩人であり詩批評家である。「戦後」に力点を置く鑑賞の文章や『荒地論――戦後詩の生成と変容』（一九八三）の視座が、いまとなってはいくらか重苦しく感ぜられるには理由がある。

そこには、戦後から七十年を経た時間の変化もあるが、イデオロギーの時代として熱かった「戦後」的過程や、国際的な冷戦構造のなかでの政治主義的な詩の解釈が落した影が強く働いているように思える。

鮎川信夫がもつ、戦前から戦後をつらぬく詩のエートスについて、どのように語ることができるのだろうか。多くの論者が試みつつ、いまなお、不問のままにされている面がある。それは鮎川信夫の詩の抒情であり、都市の感性である。そのことには後で触れよう。「鮎川信夫の記憶の中には、戦争のいわば生死の境をさまよった、そういう体験の持続というものがある」（「戦後詩の体験」）と、三十年にわたる交渉史をもつ吉本隆明は書いた。

いくぶん猫背でモダンな風貌の大きな身体から流露することばで、詩と論理（詩論）をつむぐ鮎川信夫にとって、南方のスマトラへ送られた軍隊生活とマラリアと結核による病院船による帰還が、戦後詩のはじまりのすべてである。

そして鮎川の戦後詩には、戦争へかりたてた抑圧の象徴といえる全体主義の国家体制と、それを支えるようにみえる農本主義思想の父親に対するアンヴィヴァレンツな感情がある。その両者は、戦争を体験した者にとっては、おぞましくも憎むべき対象だった。戦前のモダニズムの詩誌に参加し、その詩を持続し、表象することではじまった鮎川の戦後詩の出発がそこにある。

若き鮎川信夫にとっては、現実というものの代名詞であった父親とファシズムの全体主義による時代の抑圧とそれへの反撥も、また当時の共産主義思想から転向し翼賛の時代に忍耐と諦観をもって対することも、個である弱さをもつ自由を希求するひとりの青年の内に抱えた葛藤としては同一なものであった。またそれは生理的な嫌悪の対象でもあった。

明治から大正にかけて自然主義文学の基調となる「私小説」以後、例えば、島崎藤村の『破戒』(一九〇六)や『家』(一九一〇—一九一一)、志賀直哉の『和解』(一九一七)や『暗夜行路』(一九二一—一九三七)のように、家父長制度や「家」との格闘によって「近代的自我」に収斂する自己の内面性は、日本の近代文学が提示しえたひとつの実存的テーマである。彼らの文学において、「家」と「都市」に挟まれて「近代的自我」が覚醒する。そのとき「家」は「家系」や「血縁」や「生活」というかたちで父権や伝統の問題をもった。
一方戦後になると、父権の喪失と母の存在、とりわけ粘着性の強い母と息子とが形づくる「家庭」と「都市」へと、問題が移行して行った。鮎川信夫は、その意味では、「私小説」が「社会化」してゆく昭和を通過するなかで、家の象徴である「父なるもの」と死ぬまで格闘した詩人として、まずは私の眼には映る。鮎川は、そうした戦後の実存を詩と批評のことばの連鎖のうちに表象する詩人であった。

父とは半生のつきあいだったが
どんな言葉の交換もなかった
わたくしは父の書いたものを理解せず
父はわたくしの詩の一行も理解しなかった
父は黙ってこの世から去っていった
わたくしは病み衰えた父の腕に
カンフルの注射を三、四度射っただけであった

言葉の理解のとどかぬところで
ぼくたちは理解しあっていた

（『詩集　難路行』「父」）

そこには、奇妙に反撥しつつも、同じ時空間を生きる同時性と同位性を備えて存在する父と子がいる。この視点から鮎川のエディプスに対する感情を取り除けば、「父なるもの」は変じて、ものとしてしか語られようのない関係としての父がいるばかりである。詩人は、父親の理想や思想だけではなく、父親の生活そのものを近親憎悪し許していない。「父なるもの」の存在が厭わしくなる少年期から青年期にかけての私たちの体験からも、それはうかがうことができる。

詩人の意志は、晩年に至るまで、変わることがなかった。

引用した「父」の詩には、次のようなくだりがある。

黙々と机に向って仕事をする父の背中に

刺すような視線をあびせて
何度、声にならない叫びを上げたろう
あなたはやがて分かってしまう何かであり
ぼくたちの間にはどんな逆転もありえないのだから
あなたは早く死ねばよい

驚くべきことは、これほどまでの父への反措定の信念をもちながらも、この戦後詩人の言葉の層は、単なる「父権」への反発に終始しない複雑なひねりをともなった詩として構成されていることである。

現代の親子関係にも、そうしたぎりぎりの関係性が体験されているのかもしれない。しかし、結婚していない若い世代が、「父」といっしょに親しく椅子にならんでお酒を飲んでいる。そうした仲間のような親子の姿を目にするたびに、戦後的社会に溶解していった「鮎川的戦後」を感ずる思いがする。鮎川信夫は、晩年まで父親を許さなかった。はたして、鮎川は父親の何を許さなかったのだろうか。彼が見出し、拒絶した「父なるもの」とは何であったろうか。

その父親とは、福井県石徹白《いとしろ》村の出身である上村藤若（一八九四―一九五三）である。隣村ともいえる大野出身の母・幸子《こうこ》も藤若も、ともに祖父の代から浄土真宗の家系であった。若き日には苦学し、東亜問題からアジア主義に傾斜する東方会の中野正剛らと『同志』という雑誌を刊行し、「帝国文化協会」の青年向けの機関誌を一生の仕事とした。この「帝国文化協会」は、八千代生命の社長小原達明が創設したもので、藤若はこの協会の主幹をしている。誌名は『向上之青年』『向上之婦人』から『向上之友』と変遷し、一九三五年になると、『村を護れ』となっている。

詩のなかに、最後の最後まで許されざるものとして登場する父の像がある。

『鮎川信夫　路上のたましい』（一九九二）で、鮎川の詳しい年譜を作成した牟礼慶子は、次のように書いている。

名古屋で高山線に乗り換えると、長良川沿いに一時間ほどで美濃太田に着く。そこから一輛だけの車両に乗客数人の長良川鉄道に乗り換え、北上すること二時間、美濃白鳥である。ここからタクシーで石徹白に向う。〔略〕暫く行くと三叉路があり、福井県境三キロの道標が立っている。右へ折れると石徹白、左へ降りると母堂幸子の生地、福井県大野市への道が続く。

（牟礼慶子『鮎川信夫　路上のたましい』）

立山連峰のように雄々しくはないが、優しい風姿を写す白山の信仰に息づく故郷・石徹白は、長良川や九頭龍川の源流も近かった。

三つの番場《ばんば》をもち、その登山口の中心であった白山信仰と浄土真宗の風土であり、「鮎」と「川」の存在する「鮎川信夫」という詩人のペンネームを生んだ場所である。病院船で帰還した鮎川は、敗戦の八月をそこで迎える。詩人の魂が、帰る場所にふさわしい詩的トポスであったに違いない。

鮎川のテクストには、母親の影は生活とともに認められるものの、厳然として結婚や妻という家庭の存在が認められなかった。独身の詩人像があるばかりである。

同じように、詩人と父親との共生は、テクスト上にはみられない。

「この街に生まれて」から「父の死」の詩にいたる、戦後に書かれた父に関する詩には、偉大なるエディプスの父と母を慕う子の、緊迫した父子の対決がうかがえるのだ。

ここで語らなければならないのは、父親のそばで雑誌『向上之友』や『村を護れ』の刊行を手伝う鮎川信夫の姿と彼の内面で深化するものについてである。そうした体験の層が、どのように鮎川の身体の深層にうめこまれていたのだろうか。

無意識のうちに、少年期の鮎川信夫のペンを握る手は、書くことの宿命を自らの内在性としてつちかっていた。文章を書くことは、鮎川信夫の精神と手にとって、自動記述のようにまことに自然なことであった。鉛筆をもつたびに、言葉を連ねる経験が、幾重にも身体奥深く蓄積されていたのである。

そこに、詩人鮎川信夫のきわだった書記機械《エクリチュール》のはじまりがある。戦前の詩誌『若草』(一九二五―一九五〇)『LUNA』(一九三七―一九三八、全十三冊)『新領土』(一九三七―一九四二、全五十六冊)『文芸汎論』(一九三一―一九四四、全百五十冊)に寄稿された文章が、幾分かは若書きであったとしても、自然性のエクリチュールとよべる、流れるような詩的連続性を備えた発話を具現する源流はここにある。

「父なるもの」と格闘した鮎川だが、没後刊行された『詩集　難路行』(一九八七)に収められた故郷をうたう詩をみると、父親の人生と重なる故郷の風景のなかに、詩的発話を重ねる姿があり、読むものが安堵に似た錯覚を覚えることも事実である。病院船で帰還した後、故郷に帰ると、戦争という状況から脱した、青春の停止したかのような時間があった。

そこでは、山や野原を散歩し、農業にも従事しながら、川の清流に糸をたれて鮎釣りをする生活そのものの体験がある。だが、一方で、一九四五年二月から三月にかけて傷痍軍人療養所で書かれた手記を収めた『鮎川信夫戦中手記』（一九六五）が、戦争期の父やファシズムという全体主義に対する反撥を、二十年の時を経て反芻するようにまとめられるのだ。

森川はビルマで戦病死し、二宮は満ソ国境で、藤井はニューギニアで、茂木はビルマで戦死し、冬村は行方不明、桑原はアメリカへ帰り、竹内は十五年ほど前に自殺し、山野もその頃病死して、生き残っているのは岐阜で鉄工所をやっている藤川他二、三名である。

（『鮎川信夫戦中手記』「後記」）

当時の鮎川信夫は、戦前の一九四〇（昭和十五）年に発禁とされた津田左右吉の『古事記及び日本書紀の新研究』だけでなく、「文明開化の論理の終焉について」（一九三九）を書く日本浪曼派で、神道系の評論家保田與重郎の『芭蕉』などを読み、その他、多くの仏教書を読んでいたらしい。

鮎川信夫が晩年に書いた詩をみると、特に父親の死後の作品では、父親との確執の強い輪郭線は、うすぼんやりと遠のいているようだ。

たとえば鮎川の戦後詩を代表する「橋上の人」と比してみると、父の死後におとずれた反逆の後のある物足りなさを感じさせる「失われた水平線」の詩がある。そのようにして確かな詩としてのクライマックスとエンディングがはじまるのだ。

鮎川の故郷・石徹白の実家の庭の一角には、『荒地』の詩人で書道評論家だった疋田寛吉の筆になる詩碑が立っている。詩碑の裏面には、「詩人の二人の妹、章子と康子の手で追慕の詩碑を刻む」と碑誌が彫られている。

帰るところはそこしかない
自然の風景の始めであり終りである
ふるさとの山
父がうまれた村は山中にあり
母がうまれた町は山にかこまれていて

峰から昇り尾根に沈む日月

おーいと呼べば
精霊の澄んだ答えが返ってくる
その谺のとどく範囲の明け暮れ
在りのままに生き
東洋哲人風の生活が
現代でも可能であるのかどうか

時には朝早く釣竿を持ち
清流をさかのぼって幽谷に魚影を追い
動かない山懐につつまれて
残りすくない瞑想の命を楽しむ
いつかきみが帰るところは
そこにしかない

（『詩集 難路行』「山を想う」）

誰もがこの世の生に強いられている。親子関係や生活のための仕事や労働という社会関係に属している。そのなかでは、親和力と反発の両義性をもつ父親の存在とは裏腹に、鮎川が晩年まで生活をともにする母というもうひとつの肖像が、ネガフィルムのように鮮やかに浮かびあがってくる。

母

鮎川信夫と母親の関係をどのようにとらえたらよいのだろうか。

「母なるもの」とは、日本的病理ともいわれる自我と母性との関係をいうのかもしれない。ユングの「アニマ」の存在である。詩人と母親との精神の共生の問題が、大きくクローズアップされるのも、鮎川信夫が描くもうひとつの特異な詩的世界であろう。

鮎川が描き出す母の像は、晩年までの多様な変奏《ヴァリエーション》をみせるいわゆるエディプス・コンプレックスとしていわれる父親への反発とパラレルな詩的リビドーといってよい。

鮎川の母を主題とする詩を読んでみよう。

見知らぬ美しい少年が
わたしの母の手をひいて
明るい海岸のボートへ連れさっていった
母が戻ってくるのを待ちながら
ひとりぽっちの部屋のなかで
波の音がひどく恐ろしく
わたしにはながい悪夢の日がつづいた

（『鮎川信夫全集』Ⅰ 1946～1951「秋のオード」）

鮎川信夫の墓は、麻布の善福寺の高台にある。
墓誌にも記されているが、驚くべきことに、一九八六（昭和六十一）年の六月に今まで生活の面倒をみていた母が亡くなると、後を追うようにして、鮎川はその年の十月に、六十六歳の生涯を閉じている。

晩年にいたるまで、編集者が連絡すると、母親の声がいつも電話口にあった。母親が電話を取り次ぎ、やがて鮎川本人から連絡がくるといった経路であると、『違和という自然』（一九九五）で、吉本隆明や鮎川信夫について書いた、新聞社の文化欄を担当していた脇地炯から聞いたことがある。この場面において、「母なるもの」との微妙な秘密の綾のような鮎川のリビドーの問題が存在するようにみえてならない。

美しく優しい母は、少年の自慢であった。そして深層心理学的にみれば、そうした「母なるもの」に妻とも等価になる、まことに粘着力のある母の両義的な存在をみることが可能だ。

詩的独身者のイメージをまとった鮎川信夫には、過去に一定の期間、女性と生活を共にしたことがあった。静岡県出身の女性と詩人仲間の佐藤木実である。最初の女性は詩には登場していないが、戦後当初の詩人仲間であった佐藤木実は、「小さいマリの歌」のモチーフとなった女性だった。「家」や「父なるもの」へ反抗する自由人の鮎川にとって、それは、自然な同棲に近い「家庭」と「生活」だったようだ。

英文学の研究者である最所フミとの現代的な結婚生活も、これに近かったようにもみえる。

例えば結婚とか男女の問題にしても、何ていうか、ぼくはね、かなり同世代の他の連中よりわりあい自由なんですね。それで、どうしてそういうことが可能かっていうと、かなりいろんなものを犠牲にしているわけですよ。子供がいないからとか、女房がいないからとか推量されて、そこで、そういうものが本当にないんですかって言われちゃうと、今度はそれに近いものはあると言わざるを得ないわけですね。だけど、あったにしても、ぼくは近いものっていう言いかたをするでしょうね。近いものって言うのはおかしいけど、そういう言いかたしか今のところ言えないっていうことが絶対あるわけです。

（『自我と思想』「〈対幻想〉と〈共同幻想〉」対談鮎川信夫・月村敏行）

詩人の思想と実生活からみてみると、詩の実像以上に、フロイトからユングの世界を横断するような、生活上の心理的なねじれがある。両親の愛情を正面から受ける長男ならではの、父母をめぐる粘着性のある生のリビドーの実在と呼べるような、詩人のあり方がみえてくる。「母なるもの」は影《シャドウ》となって、そこに存在している。

文学的教養の豊かな母親が、詩人の目の前に大きく存在している。鮎川信夫は、両親に影響された早熟な読書経験をもっていた。小学校の校長を父にもつ母である「御母堂」は文学少女だったから、鮎川少年には、母親譲りの文学への親近感があったにちがいない。文化運動を起こすような鮎川の父親は、早稲田大学で卒論「イプセンの『野鴨』」を書き、故郷の小学校からは校歌の作詞も依頼されている。しかし、父親は、息子に実業を強いていた節がある。

だからこそ、「亡姉詩篇」といわれる詩の文脈も、仮面《ペルソナ》である鮎川信夫がこうしたコンテクストのなかに描きだした、ひとつのオブジェを差異によって何度も描くモランディの画業に似た変奏《ヴァリエーション》として解読できるのだ。

鮎川の「亡姉詩篇」といわれている詩の一節を読んでみよう。

ああ世界が暗くなってゆきます
降りつづく落葉の雨のなかから
永遠の星　花　鳥　樹　魚などの
不思議な夢がしだいに近よってくるようです

美しく繊細で　やさしかったお姉さん！
夢を見ながら眠る習慣が　こんなに悲しいものとは思いませんでした
わたしの髪に　わたしの肩に　落葉はしずかにつもります
お墓のなかでお目覚めになっているお姉さん！
木の葉になったわたしには
なんにもわからない　わからない
あなたのお顔も　だんだん忘れてゆきそうです

（『鮎川信夫全詩集』Ⅰ 1946～1951「落葉」）

姉の変奏

鮎川信夫には、妹はいたが、姉はいない。

そしてこうした詩の断章《スタンザ》や、あるいは、男女の道行きのような、きわどい心理の描写として表象される「姉」の存在は、実在のふたりの妹よりも多く詩に登場する。

あなたのほそい指が
思い乱れたわたしの頭髪にさし込まれ
わたしはこの世ならぬ冷たい喜びに慄えている
誰も見てはいないから
そして闇はあくまで深いから
姉さん！
一切の望みをすててどこまでも一緒にゆこう
わたしの手から鉛筆をとりあげるように
あなたは悪戯な瞳と微笑で逃げてゆけばよい
わたしは昔の少年になってどこまでも追いかけてゆくだろう
愛していても愛しきれるものではないし
死んでも死にきれるわけでもないのだから
姉さん！
あなたとわたしは
始めも終りもない夢のなかを駈けめぐる

二つの亡霊になってしまおう

（『鮎川信夫全詩集』Ⅱ 1952〜1954「あなたの死を超えて」）

まさしくそれは、「御母堂」の変奏ともいえる。そこにあるのは、姉＝母へのアンヴィヴァレントな幻想であり、同時に、「逃げるボールを追って」、妹は姉にも反転するのだ。

紺の半ズボンからほそい脛をのばし
逃げるボールを追ってゆく
黄金の毛のむく犬と一緒に
太陽が緑の絵具をとかしている芝草のうえを
一人の妹は乳母車につかまって歩き

もう一人の妹は眠りながら小径を歩いている

そこで　力いっぱい投げたボールが
どうして過去の方にころがっていったのか？

……開くこともなく錆びてしまった鉄の門
ぼくの記憶は思いがけない不幸のシークェンスで翳ってくる

今では——一人の妹は三人の子供の
もう一人の妹は一人の子供の母になった

小さな四つの運命は　四つのボールのように
それぞれの庭で規則正しくはずんでいる

（『鮎川信夫全詩集』Ⅲ 1955～1958「逃げるボールを追って」）

「母なるもの」の多様な類似《ミメーシス》の変奏としての詩。それが描くのは、トゥルバドゥールから詩を学んだダンテが、『新生』に描くベアトリーチェのような、西洋社会に根強く流れる聖性を備えたあこがれの対象としての女性であったのだろうか。それとも、実在の「母なるもの」とのどろどろとした仮像のなかから表象された、心的エネルギーそのままの言葉の層なのだろうか。

当時を回想する多くの評者によれば、鮎川信夫の青春期の文学状況は、西洋モダニズムの移入に余念がなかった時代である。

ヨーロッパ世紀末からベル・エポックを通過した頃に襲った第一次大戦の戦火は、当時の日本においては関東大震災（一九二三年九月一日）に似ている。この戦火の時代の後に、一九二〇年代に勃興したモダニズムの文化活動がある。一九二〇年代から一九三〇年代にかけての留学や諸々の文化輸入によって、西洋そのものが受容され、翻訳された西洋文化がもたらされた。

トーマス・マンの『魔の山』、フランツ・カフカの小説、ヘルダーリンやリルケの詩、マルセル・プルーストの『失われた時を求めて』、シェイクスピアやT・S・エリオットの詩やジェイムズ・ジョイスの小説などが翻訳され、当時発行された詩誌に矢継ぎ早に紹介された時代である。プルーストの作品を読んでいた鮎川信夫にとって、母との関係や自己の分身としての姉の存在など、時代は作品の成立に大きな影《シャドウ》を潜ませているように思える。

現実の生活では、鮎川を理解する妹の康子が、母親とともに大きく関与していたようだ。だが、鮎川信夫の詩にでてくる「姉」そのものが、実生活上の母や妹と密接に関わるかどうかは問題ではない。「母なるもの」の姿を変奏して詩の世界が形成されているという指摘は、戦前の「家」から戦後の「家庭」への親子関係の変貌を敷衍してはじめて想像できることである。

鮎川信夫は、流れるように自己の詩神を語る。その自然体の文体による詩に、劇としての特徴をもたせ、きわめて強い変奏の仮構性を生み出したものこそ、「父なるもの」の反面教師である「母なるもの」との関係だった。鮎川信夫が、影《シャドウ》をもとめて、自らの生の心的エネルギーを言葉に託している。そこに、鮎川信夫の詩の実存をなりたたせている魂がある。

第二章　接続

戦後詩人の鮎川信夫は、戦前のモダニズムの詩誌へ詩を発表し、若いモダニズム詩人たちとの交遊を単独者の眼で体験した。ここでは、前世代の文学や詩人たちの活動に、鮎川の詩がどのように接続し、かつ戦後詩としての切断をしいられたか、鮎川の代表作である「橋上の人」を、時代の考察を交えながら読み考えることにしよう。

「実生活を離れて思想はない。しかし、実生活に犠牲を要求しない様な思想は、動物の頭に宿っているだけである」（「思想と実生活」、一九三六）と、小林秀雄は、私小説やリアリズムの問題を考えることによって、戦前の文学者の観念論を虚偽であると見抜いた。

さらには、小林秀雄にとってのイデオロギー批判は、いわば思索と行動が合一する志賀直哉の生活と身体による直観への評価からでてくるものであり、実際の文章を書くことから生成する文体そのものの実存にかかわっていた。すなわち「家」とそれにかかわる父と母の存在は、日本の近代文学における個の問題を喚起するうえで、ひとつの大きなアポリア（難問）である。

近代文学の戦前・戦中・戦後

個が、日本の近代文学における私小説やリアリズムの表現によって確立するためには、表現者のおおくが故郷を喪失して、都会の孤独な生活者となり、「家」とかかわる父や母の実生活を遠方に垣間みながら、自我を己の内面性として表現するべき対象とする必要があった。山深い長野の故郷から出てきた島崎藤村は、『夜明け前』を書くまで、ほとんど故郷へ帰らなかった。志賀直哉も京都から奈良へと家を転々としている。そこにはじめて、突出した表現者の個の思想がリアリズムのうちにうまれでる余地があったのだ。

しかし、太平洋戦争期になると、ナショナリズムを中核とする全体主義（日本においては、天皇制ファシズム）の政治・軍事形態が社会を圧し、自然主義に反抗しつつ出発した『四季』（第二次・一九三四―一九四四、全八十一冊）や『コギト』（一九三二―一九四四、全百四十六冊）や『日本浪曼派』（一九三五―一九三八、全二十九冊）によった詩人たちは、なすすべもなく時代の波に押し流される。関東大震災後の昭和に入って、隆盛を極めていたプロレタリア文学運動も、このころには壊滅的状況に瀕していた。

ここで戦前から戦後にかけての流れを概観しよう。まず、第二次の『四季』は、モダニズムを潜った三好達治や丸山薫、堀辰雄が、正統的な抒情詩の確立を志して発刊された。彼らは皆、主知主義、超現実主義、フォルマリズムをめざした『詩と詩論』(一九二八―一九三三、通巻二十冊)によった執筆者であった。初期の同人には、津村信夫、立原道造に加え、井伏鱒二、萩原朔太郎、竹中郁、田中克己、辻野久憲、中原中也、桑原武夫、神西清、神保光太郎などがいる。

『詩と詩論』では、春山行夫、北川冬彦、安西冬衛などが、欧米のモダニズムを吸収すると、同時代にひろく紹介していた。そこでは、新散文詩やシュルレアリスム、フォルマリスム、シネ・ポエムなどの詩運動が展開され、翻訳では、いち早くアンドレ・ブルトンの『超現実主義宣言』(北川冬彦訳)が紹介された。同人には、多くの詩人が参加している。「新感覚派」の旗頭である横光利一が影響を受けたのも、『詩と詩論』がもたらした西洋の文化と表現であった。

それはまことに、鮎川の前世代のモダニズム詩人たちによる、ヨーロッパおよびアメリカのモダニズムの直接的影響の濃い活動であった。これらの詩群にみられる詩の方法や技術は、今日の戦後詩から現代詩へとおおきな影響を与えつづけている。

次に、詩の精神の高揚と古典の復興をうたった、ロマン主義思潮が台頭する。『現実』（一九三四・一九三六、全九冊）によった保田與重郎と亀井勝一郎に、文芸同人誌『世紀』（一九三四―一九三五）の中谷孝雄が、中島栄次郎、神保光太郎、緒方隆士をそれぞれに誘い、『日本浪曼派』を発足させた。同人には、伊東静雄、芳賀檀、大山定一、太宰治、檀一雄などが名を連ねた。

だが、軍国主義の時代になると、執筆に関する検閲が厳しくなる。

「神戸詩人事件」（一九四〇年三月）が起こり、瀧口修造も拘留されると、西脇順三郎は沈黙した。書画への傾倒と新潟の小千谷への疎開によるモダニズムから日本の故郷への回帰である。戦前のモダニズム詩集の金字塔である『*Ambarvalia*』（一九三三）から『旅人かへらず』（一九四七）への転換は、こうした状況下から生まれたものである。

戦争へ突入していくなかで、詩人たちは、大政翼賛会のもとで建艦運動の一助となった『辻詩集』や『現代愛国詩選』などに愛国的な戦争詩を書いた。

戦後、『西脇順三郎詩集』（一九六五）を編んだモダニスト詩人で、『体操詩集』（一九三九）で知られる村野四郎でさえ、戦争詩を書くという枠組みのなかにあった。軍国主義にさめていた一部の若い詩人は、上の世代が戦争へと送られ、作家は従軍派遣され、自分たちは徴用や疎開を余儀なくされる生活のなかで、内に違和感をもちながらしか生きられない状況に置かれていた。

このことは、瀬尾育生の『戦争詩論　1910-1945』（二〇〇六）に詳細に論証されている。モダニズム詩人や抒情詩人、そして人生派の詩人だけではなかった。状況の抑圧を受けた詩人のなかには、キリスト教詩人やプロレタリア詩人もふくまれていて、徴兵制によって個的な存在が、検閲によって内面の自由な思想が、ともに戦争期の国家から全否定されたのである。戦時の表現行為の総体は、大正から昭和を潜り抜ける間に、ナショナリズムを包摂する農村部主体の日本的感性の抒情詩だけでなく、都市部主体のモダニズムも社会主義も、日本的ファシズムに飲み込まれて、その表現を後退させざるをえなかった。

そこにあったのは軍国主義による全体性の問題だけではない。大衆の心性を集合的な自然・故郷・伝統・宗教などの共同感性（集合的無意識）へと収斂させていく特異なナショナリズムの問題が、危機的状況のもとに存在したという事実があった。

このとき文学が引き受けた言語表現が、後に戦後詩のアポリアとなってゆくのである。それは、「第一次戦後派」「第二次戦後派」「第三の新人」の作家たちによる『近代文学』（一九四六―一九六四、全百八十五冊）や『新日本文学』（一九四六―二〇一〇）の雑誌の活動や、詩誌『荒地』や『列島』（一九五二―一九五五、全十二冊）および、大岡信や飯島耕一など「感受性の祝祭」の詩人たちによる詩誌『櫂』（一九五三―一九五五、全十一冊）や「シュルレアリスム研究会」や『鰐』（一九五九―

一九六二、全十冊）の多様な活動のうちにみることができる。

　鮎川もまた、そのアポリアに直面した。戦後文学の大きな流れのなかで、鮎川も加島祥造も、もとめられて『近代文学』にエッセイを寄稿している。また晩年の鮎川は、「第三の新人」の島尾敏雄や吉行淳之介の作品に親近感を語った。同世代としてみれば、鮎川信夫の生まれた一九二〇年に「第三の新人」の作家である安岡章太郎と阿川弘之が生まれている。

　平林敏彦の『戦中戦後　詩的時代の証言　1935-1955』（二〇〇九）は、自らてがけた詩誌『新詩派』から『詩行動』『今日』に至る戦中・戦後の詩的時代を、田村隆一の『若き荒地』や小田久郎の『戦後詩壇私史』（一九九五）に加え、牟礼慶子の『鮎川信夫　路上のたましい』その他の多くの詩書や雑誌を駆使して語る、貴重な同時代的な証言である。通説としての文学史や詩史だけでは把握しきれない多様性を備えた詩人たちの活動をみごとに描いている。

　病院船で帰還した鮎川信夫にとって、戦後を生きるということは、戦争という全体主義と対峙しつつ、父母や妹や恋人との戦後の日常の「生活」をはじめることであり、多様な人間関係を引きうけ、実生活を歩むことであった。

　その時、詩人は、「戦後」のモダニズムによる自由詩を新たな武器にして、ふたたび自己表現の世界にたちむかったのである。戦争体験をかみ締めながら、宙吊りにされた生の実存のなかで、「戦後」的な言語表現に鮎川の歩みをむけさせたものは、何であったのだろうか。
〈平和〉な日常の時間のなかで、鮎川信夫はもう一度、個の自由思想を取りもどすために、過去と未来をみすえて、ひとひねりもふたひねりもある詩的表現をつむいで、書かなければならなかった。
そこに、鮎川信夫の戦前のモダニズム詩をこえる「戦後」的な詩の表現があったのである。

「橋上の人」

そのような観点に立つと、戦前の詩作で、最も鮎川らしい特徴がみえる詩は、「囲壌地」と「橋上の人」の二編だろう。
この二編と、スマトラ島から病院船で帰郷し、福井の病院や故郷の村での改作を経て、戦後二度発表された「橋上の人」とが、どのように長編詩として書き継がれたのかは、鮎川の詩を研究するうえで、大きな問題であった。そこには、戦前の詩と戦後の詩が、心的に継続する同一性となって引き継がれながら、戦後の鮎川信夫の新たな出発が確かなものとしてみえてくるからである。

高い欄干に肘をつき

澄みわたる空に影をもつ　橋上の人よ
啼泣する樹木や
石で作られた涯しない屋根の町の
はるか足下を潜りぬける黒い水の流れ
あなたはまことに感じてゐるのか
澱んだ鈍い時間をかきわけ
櫂で虚を打ちながら　必死に進む舳の方位を

（戦前の「橋上の人」冒頭）

陸軍の近衛師団に入隊した鮎川信夫は、「橋上の人」を詩友の中桐雅夫に托して出征した。中桐雅夫は、鮎川よりひとつ年長だった。本名を白神鉱一といい、当時、神戸で詩誌をやっていて、鮎川との交流があった。詩はソネット風のものが多く、後に残された奥さんの文子さんに辛口のエッセイ『美酒すこし』（一九八五）に書かれるほどの愛酒家である。「老い先が短くなると気も短くなる／このごろはすぐ腹が立つようになってきた／腕時計のバンドもゆるくなってしまった／おれの心がやせた証拠かもしれぬ。」（「やせた心」）や「師走二十日の夕暮五時すぎ、／もうこの道をあるくこともあまりあるまい、／ひとり心にそう呟きながら、／死んだ詩人の家の角を曲がった。」（「鳥の道　安藤一郎氏をしのんで」）などを収める、戦後社会の詩人サラリーマンの表層を描く『会社の人事』（一九七九）で歴程賞を得るが、ユーモアもペーソスもある詩でありながら、晩年の生の哀愁を漂わせている。オーデンの詩や『染物屋の手』『オーデン　わが読書』などのエッセイの翻訳もある。

大岡昇平は、当時の軍隊では、教練不足の兵隊はすぐに前線へ送られる運命にあった、と『大岡昇平・埴谷雄高　二つの同時代史』のなかで語っている。まさしくその運命にあった鮎川を救ったのはマラリアだった。

『鮎川信夫戦中手記』のなかで、「初年兵」「三ヶ月の教育」「軍隊の序列」「スマトラ派遣」「宇品港出発」と巻き紙に整った筆跡でまっすぐに綴る鮎川信夫は、スマトラへと転戦した後、「スマトラにも屢々敵機の来襲をみるやうになって危険が迫ってから、私は遂にこの島を離れる運命になったのである」と記す。マラリアにより傷病兵として、病院船で帰還することになったのだ。

そして戦地で、遺言として書いた「橋上の人」を受け取った。

それは、同じく詩友の三好豊一郎が中桐雅夫から預かった「橋上の人」の原稿を、「故園」（一九四三年三月号）に掲載したものだった。この辺のいきさつには、近代文学研究者の立場からも鮎川信夫の詩に対するひとつの論点があった。「橋上の人」の詩は戦前に発表された「故園」以後、「ルネサンス」と『荒地詩集 1951』に掲載されてきたが、その詩の同一性と差異をテクストクリティークによって比較研究を行うのである。いわば「同一性と差異」（ハイデッガー）から「差異と反復」（ドゥルーズ）へと、長編詩「橋上の人」は、両義性をもちつつも、未来に開かれている。
それでは、鮎川が戦前に書いた「橋上の人」の最終連を読んでみよう。

橋上の人よ　美の終局には
方位はなかった　花火も夢もなかった
風は吹いてもこなかった
群青に支へられ　眼を彼岸へ投げながら
あなたはやはり寒いのか
橋上の人よ

（戦前の「橋上の人」最終連）

早稲田大学の英文科に席を置いた鮎川信夫であったが、本人は、英文学だけでなく、アメリカという国と文化やヨーロッパ文学に関心をもっていた。早稲田大学での担当教諭は、加島祥造とおなじく、イェイツなどのアイルランド文学の研究者である尾島庄太郎教授だった。

鮎川が戦地に持参したものは、スタンダールの『パルムの僧院』だという。当時、同じく『荒地』の詩人たちは、黒田三郎が『平家物語』を、北村太郎は『芭蕉七部集』を戦地に持参したことを、それぞれに直接本人から聞いたことがある。

帰還後、「その前にまだまだ書いておかなければならぬことがある。我々の退廃が如何にして起り、我々が戦争をどういふ風に認識したかということである」と、病院で書き継いだ「戦中手記」は、活動の拠点だったフィレンツェに帰ることが許されずに流浪の民として生きたダンテの『神曲』の「地獄篇」に比較しうる様相を呈している。ダンテの『神曲』を翻訳したT・S・エリオットのモダニズム詩「荒地（*The Waste Land*）」は、一九二〇年生まれの鮎川信夫にとっては、第一次大戦と第二次大戦のふたつの「荒地」の戦場と戦後をアナロジカルに結ぶ、すぐれて威大な長編詩であった。

書き継がれた「橋上の人」は、新倉俊一の紹介した詩人パウンドにささげられた「荒地」（一九二二）の詩章に描かれた荒廃するロンドンの都市の風景から生の起動を開始する姿を思わせるものがある。パウンドによって推敲された「荒地」の原稿が発見されたのは、一九七一年のことである。鮎川信夫の早稲田大学に提出された卒業論文は「T・S・エリオット」だった。

戦後の「橋上の人」の詩は、次のようにはじまる。

彼方の岸をのぞみながら
澄みきった空の橋上の人よ、
汗と油の溝渠のうえに、
よごれた幻の都市が聳えている。
重たい不安と倦怠と
石でかためた屋根の街の
はるか、地下を潜りぬける運河の流れ、
見よ、澱んだ「時」をかきわけ、
櫂で虚空を打ちながら、
下へ、下へと漕ぎさってゆく舳の方位を。

橋上の人よ、あなたは
秘密にみちた部屋や
親しい者のまなざしや
書籍や窓やペンをすてて、
いくつもの通路をぬけ、
いくつもの町をすぎ、
いつか遠く橋のうえにやってきた。
いま、あなたは嘔気をこらえ、
水晶　花　貝殻が、世界の空に
炸裂する真昼の花火を夢みている。

（『鮎川信夫全詩集』Ⅰ 1946 ～ 1951、戦後の最終稿「橋上の人　Ⅰ」）

そこには、「橋上の人」と呼びかける詩人のみている「幻の都市」がある。

流露するような鮎川の詩は、その後、さらに次のようにつづいている。

橋上の人よ
街角をまがる跫音のように
あなたはうしろをふりかえらなかった、
風にとぎれるはかない幻想が
あなたの心にうかんだ道のすべてだった。
橋上の人よ
砂浜につづく足跡のように
あなたはうしろをふりかえらなかった、
浪にくずれるむなしい幻影が
あなたの宙にうかんだ道のすべてだった。
橋上の人よ
あなたは冒険をもとめる旅人だった。

一九四〇年の秋から一九五〇年の秋まで、
あなたの跫音と、あなたの足跡は、
いたるところに行きつき、いたるところを過ぎていった。
橋上の人よ
どうしてあなたは帰ってきたのか
出発の時よりも貧しくなって、
風に吹かれ、浪にうたれる漂泊の旅から、
どうしてあなたは戻ってきたのか。

（『同』戦後の最終稿「橋上の人　Ⅲ」）

エリオットの「荒地」

先に紹介した平林敏彦の『戦中戦後　詩的時代の証言』に「1935-1955」の副題がついていることを思い起こすならば、「一九四〇年の秋から一九五〇年の秋まで」と書かれた鮎川の詩は、ひとつの時代の証言であると同時に、鮎川自身の戦中から戦後の十年間の時間の心象風景である。

この詩は、T・S・エリオットの「荒地」に比定することを読者に欲望させるものが確かにあると私はつねづね考えてきた。鮎川信夫は、『日本浪曼派批判序説』（一九六五）をまとめた橋川文三との対談のなかで、エリオットの詩とダンテの「神曲」について、「たとえばエリオットではちょっともの足りないけれど、ダンテという詩人をもってくると、ぼくはエリオットでも、ある程度現代のダンテという読み方をしたんですよ。つまり、エリオットの「荒地」という詩は現代の地獄篇である、と。最後に書いた「フォー・カルテット」という詩はかれの天堂篇である。その途中のプロセスは煉獄篇である、と」（「体験・思想・ナショナリズム」対談鮎川信夫・橋川文三）と語っている。

それでは、エリオットの「荒地」の有名な一節を読んでみよう。

〈非現実の都市〉
冬の夜明けの褐色の霧の下、
ロンドン・ブリッジを群集が流れていった。たくさんの人、
死神にやられた人がこんなにもたくさんいたなんて。
短いため息が、間をおいて吐き出され、

坂道を登り、キング・ウィリアム通りを下り、
セント・メアリー・ウルノス教会の九時の時鐘が
最後の鈍い音をひびかせるほうへ流れていった。
見覚えのある男を見かけ、ぼくを呼びとめた。

（岩崎宗治訳『荒地「*The Waste Land*」』「1　死者の埋葬」）

エリオットの「荒地」の詩は、これまでに、西脇順三郎、上田保、鍵谷幸信、中桐雅夫などが翻訳している。鮎川が読んだのは、戦前の詩誌『新領土』に訳出された上田訳の「荒地」であった。『新領土』は、編集発行人の上田保の他、編集同人に春山行夫、村野四郎、近藤東などがいた『詩と詩論』や『詩法』の後続誌であった。ここに掲載された「荒地」の詩を読んだ鮎川は、「はじめて上田氏の訳で『荒地』をよんだとき、私は、そこに何かわれわれの詩とちがうものがあるのに気づいたことを、いまでもはっきり記憶している。当時の四季派の詩、モダニストの詩、その他の詩などとはまるでちがった、暗くて、皮肉で、思索的なあるものが直観的に感得されたのである」と書いている。

鮎川信夫にも「荒地」の翻訳がある。他の訳者よりも、文章としては柔かいことばが使用されている訳である。その冒頭には、磯田光一がそのなかの訳語のひとつである「あわれな」という言葉を、戦後詩人の表現として問題にするほど、鮎川信夫がしいられた生のなかから取り出した「戦後のレクイエム」という明らかな独自の抒情詩のおもむきがある。

「荒地」の冒頭は、おおくの詩人たちに、共鳴を与えてきた。鮎川の詩の翻訳の息づかいを読んでみよう。

四月はいちばん酷い月、不毛の地から
リラを花咲かせ、追憶と
欲情をつきまぜて、春雨で
無感覚な根をふるい立たせる。
冬はぼくらを温かくしてくれた、忘却の雪で
地上を覆い、乾いた球根で
あわれな生命を養いながら。

夏はぼくらを驚ろかせた、驟雨といっしょに
スタルンベルガー湖をこえてきたから。ぼくらは柱廊で雨やどりし、
陽が出てから、ホフガルテンにいき、
コーヒーを飲み、一時間ほどおしゃべりをした。

（鮎川信夫訳『荒地「*The Waste Land*」』「1　死者の埋葬」）

鮎川信夫や黒田三郎や田村隆一たちの考えた『荒地』こそ、ロンドンの橋の上で思索しつつ、ダンテ的人間存在に思いをはせた新しい時代の詩であった。そして鮎川信夫の書き継いだ「橋上の人」は、戦前の詩的感性を保ちつつも書かれた、戦後を代表する長編詩のひとつである。

このことは、多くの評家が語るところである。詩歌の伝統のひとつである俳句をみれば理解できるが、日本は短詩の伝統がとても強い。戦前のモダニズム詩の活動のなかでも、それを物語るものがある。大連の安西冬衛が命名し、北川冬彦が書による装丁をおこなった詩誌『亞』（一九二四―一九二七、全三十五冊）のような短詩運動の存在である。

しかし、長編詩の形態をとる鮎川の詩の表現をささえているものは、戦争体験と青春を綴った『鮎

川信夫戦中手記』のなかの「君＝T＝竹内幹郎」と同じように、「あなた＝M＝森川義信」に呼びかける抒情の言語の層と、叙事的な構成である。

詩の生成は、はじまりもなく、おわりもない。鮎川の詩的表現がとらえているのは、無定形で継起的な混沌とした生の世界からの詩の展開だ。そこに、戦後の「橋上の人」として形象された構成力があらわに表現されている。

モダニズムの感性

『荒地』の詩を想念として脳裡に浮かべながら、「橋上の人」として戦後を生きる鮎川の姿を追ってみよう。

橋上の人よ
まるで通りがかりの人のように
あなたは灰色の街のなかに帰ってきた。
新しい追憶の血が、

あなたの眼となり、あなたの表情となる「現在」に。
橋上の人よ
さりげなく煙草をくわえて
あなたは破壊された風景のなかに帰ってきた。
新しい希望の血が、
あなたの足を停め、あなたに待つことを命ずる「現在」に。
橋上の人よ

（『同』戦後の最終稿「橋上の人　Ⅲ」）

ここで目につくのは、「都市」「街」「運河」「通路」「街角」「道」などの言葉である。詩のなかに、それらは突出するイメージとして散見できる。『荒地』の詩人は、地方から都市へ出てきた者もあり、また下町に育った者もいた。彼らはいずれにしても、生活する都市のモダニズムのなかで生きることになる。鮎川の詩章の語尾の助詞は、行ごとに変化してあまねく単調ではなく、ゆがんだ変化により一定性を回避している。ところどころで、「灰色の街」などの街の風景や「まるで通りがかりの人」や「さりげなく煙草をくわえて」などの都市の抒情が、柔かく奏でられている。「破壊された風景」や「新しい希望の血」などの独自の抒情が、詩への緊迫した形相を新たな展開へと推し進める。それが、戦前の詩的感性（モダニズム）を保っているのが鮎川らしさだ。

鮎川信夫の抒情は、秩序も必然性もみえない戦後の混沌とした時空に、多様な緊張感をたたえてあらわれた。詩の行と行の間に、確かな都会の心的エネルギーの航行をはじめていた。

これまで何度もふれてきた鮎川信夫の「戦中手記」は、Tすなわち竹内幹郎宛に書かれている。その弟が、日本橋に生まれ育った疋田寛吉である。世界文化社に勤めた疋田も、『荒地』を追想する詩人のひとりである。戦前の同人誌時代について、彼の詩を読んでみよう。

中桐さん　初めて僕があなたに会ったのは
昭和十五年五月　新宿三丁目の喫茶店
〈ノヴァ〉の2階です　竹内幹郎に伴われて
僕は『若々しい諦観』という詩を　受験生

さながら　恐る恐るあなたに見せました
ひょっとすると　兄貴の竹内は　僕より
もっと　緊張していたかもしれない
中桐さん　その時僕がどんな服装を

していたか　十八歳だから詰襟の学生服
が似合だが　新宿だから多分おやじのお古の
だぶだぶの背広だったと思う　あなたの方
は　ありありと目に浮かぶ　白絣に袴

この夏の初め　古い書類を整理していたら
例の藁半紙にタイプした　戦争中の詩抄の保古
が　ひょっこり出て来た　綴じた
ホチキスの金具は黒く錆びついて　紙も

四〇年の日月《じつげつ》に炙られて狐色だが
カーボンの文字は　ハッキリ読める　最初が
あなたの「焰」　次が衣更着の「かつての旅の日のように」
そして　三好の「囚人」が　なぜか〈猟人〉

の筆名でつづき　四番目が「若き火」で僕
鮎川の「鏡」の　以上五篇の小冊子
さっそくあなたに送ろうと　コピーした
のだが　光線が時の染みを皺のように拾う

ので止してしまった　それにしても　二度
空襲に遇い　戦後二十個所以上　転々と
渡り歩いた僕が　どうして　こんな反古を
持ちつづけていたのだろう　滑稽で難解

単純で不気味な迷路は　なにも
今に始まったことではない　そういえば
中桐さん　数年前　国会図書館の前の
銀杏並木で　ぱったりあなたに　でくわして

さも訝しげに　僕を見咎めたことを
おぼえているかしら　最近は　友達の
通夜や葬式で顔を合わせる僕らだった　今度は
僕が思いがけない道筋で　あなたを見付ける番ですか

（疋田寛吉『未明』「反古抄――中桐雅夫を悼む」）

ところで、鮎川信夫の戦前の「橋上の人」は、中桐雅夫を経て三好豊一郎の手で印刷され、戦地スマトラ島の鮎川に届けられた。

「〝荒地〟は亡びてしまったのだらうか。今〝荒地〟を信ずることの出来る者は一体誰だらうか。私は〝荒地〟を信ずることによって未来を幾らか信ずることが出来るといふ、自己を妙な味はひ方で自覚して、はじめて勇気の湧きあがるのを感じた」（『鮎川信夫戦中手記』「サイゴンで見た三色旗」）として出発した鮎川であったが、『荒地』の活動が盛んになると、特に年刊の『荒地詩集』が発刊されるころになると、前世代の詩人から『荒地』の詩人に対する批判がなされた。なかでも『詩と詩論』によった詩人たちは、『荒地』の詩をモダニズム詩と認めなかった。北園克衛や北川冬彦、安西冬衛や春山行夫や竹中郁の詩を読んでみると、詩の技術と工夫にはみるべきものがある。しかし彼らには、「戦後詩」が引き受けねばならなかったものは、欠落していた。

『荒地』の詩人のなかで、最初に認められたのが、「囚人」から「われらの五月の夜の歌」「希望」として結晶した三好豊一郎の詩である。三好は、戦後発刊された詩誌『詩学』（一九四七―二〇〇七）にて、詩学社主催の第一回「詩人賞」を受賞している。

三好豊一郎の書いた、鮎川信夫の追悼の詩を読んでおこう。

巨木の倒るるごとく　高廈の崩るるごとく

とは陳腐きわまる形容だが　いかにも
みずからの戦後を生き切って
きみの死はきみ自身の死にほかならぬ

きみはしたり顔のわけ知りの俗耳俗見と抗い
感傷的ヒューマニズムを斥け
狐憑きのインテリ性を嫌い
単独者として敢然と孤立した

詩がことばの遊びと誹してしまえば
時代を生きる摩擦の痛みとも無縁と化す
生きるとはなにか　きみが終生独身であったのは
生の習俗に騙《たばか》られるのを厭うたからだ

生活のわたくしごとを口外しなかったのも

愚痴に堕すこと目にみえるゆえで
義理人情の偽態を排しながら
友愛には厚かった

権威を拒否したきみがおのずから権威の相を帯びたのは
ラジカルな精神と毅い自我の信念によろう
時代を読むには固定的通念に捉われぬこと
きみは徹底して精神の自由に生きようとした

権力におもねる社会のメカニスムの非人間的圧力　その屈辱が
戦中のわれわれの青春の骨身に徹したので
われわれの生の論理の原点はそれへの批判となり
きみが戦後の世論に妥協しなかったのはそのためだ

ぼくはきみが肉体の自然に無関心だったとは思わないが

死にそこなったというきみは　敢えてそれを無視したのか
戦後の表層が繁栄へ雪崩れてゆくとき　気力衰に至るを俟たず
きみは肉体の自然によって傲然と倒壊した

霜を履んで堅氷至る　まさに草木枯衰のとき
ぼくはここに自然の叙情をもってきみを哀悼しまい
いまはただ宵の明星が冷たく光を増す
薄暮の空を黙って見つめるばかりだ。

（三好豊一郎『寒蝉集』「鮎川信夫を悼む」）

「荒地」の書

話題は変わるが、『荒地』の詩人たちへの批判には、彼らの人文派的側面を指摘する面がある。具体的には、詩誌『歴程』への参加である。

『荒地』の詩人たちは壮年を過ぎると、書家の高木三甫の下で、書画を習っている。

「加島君との交際は長いが、彼を通じて他に詩人北村太郎、三好豊一郎、疋田寛吉の諸君とも知りあうようになった。はじめはこの人たちと有路会なる碁の同好会を作り親しんでいたが、そのうち誰云ふともなく書画展をやってみたいな、ということになり、かくして「有路書画展」を催すようになって、去年で七回を記録している」（高木三甫『歌集　藪柑子』「前がき」）。高木三甫は、武者小路実篤の絵に関心を寄せ、逆に実篤に書のない絵に自分の書を加えることをすすめた文人肌の書家だ。

三好豊一郎は、書だけでなく細密画のような画を書き、加島祥造は英語による翻訳詩とともに、信州伊那谷の風景と書画をたしなみ、『我流毛筆のすすめ』（一九八六）の疋田寛吉は、曲がりくねる柔かい筆致の書と装丁に特徴があった。

あまり書は書かなかった北村太郎は、猫の絵を鋭い筆で描いている。北村太郎が亡くなり、お別れの会には、葬儀に来ていた小柄な坊主頭の姿があった。『歴程』や作家の澁澤龍彦や写真家の細江英公、美術家の横尾忠則などからも評価されて、現代の芸術家ともつきあいのある三好豊一郎の姿だった。北村太郎には双子の弟がいるのだが、三好が弟の松村武雄にむかって、「なあーんだ、お前生きているじゃないか」といった言葉が、会場を沸かせた。

鮎川信夫の詩「橋上の人」は、三好豊一郎との縁によって、戦争の混乱を潜り抜け、病院船で帰国してから、「僕はかつての日の絶望の記念として書いた「橋上の人」として再び過去と未来への橋上へ立ったのである」と、鮎川はこの詩を書き継いだ。三好豊一郎の詩にも、戦中から戦後初期の厳しくも暗たんとした詩と、晩年の自然と融和しつつ心情のポエジーをつむぐ詩の趣には、橋を渡ることに比すべきような変化がみられる。『歴程』の「創刊七十周年記念号」に、「詩人三好豊一郎の詩と書画」という題で、私はいくらか長いエッセイを書いたことがある。

疋田寛吉との出会い後、短歌や俳句を含めた近代詩書を書くブームのなかで、私は戦後詩はなかなか書になじまないということがわかりはじめた。

しかし、戦前の鮎川信夫の詩はなぜか書字になじんだと疋田寛吉は指摘した。日本橋の画廊で、大岡信、那珂太郎、三好豊一郎、加島祥造、疋田寛吉による書画を中心とした展示会が開催されたのもこの時期のことだ。鮎川信夫との共著『抒情詩のためのノート』をもち、世界文化社で編集者として『底本図録川端康成』にもかかわり、『身余堂書帖　保田與重郎』に、保田の書の解説を書く疋田寛吉は、戦前の「橋上の人」を、何度も書にしている。近代詩に較べてみると、現代詩のもつ戦後詩的内容と形式は、歌にもなりえず、書にもなじまない様相がある。現在、書壇にも自らの書字する書の系譜が認められつつある石川九楊が、これらの詩を独自の書体で書とすることに果敢に挑戦してきた。しかしそれにしても、現代詩は、特殊なものであり、一般庶民からはかけはなれたものとなってしまったのだろうか。散漫なオブジェであって、意味や絵像のどちらの書字にもなじまない、これが現代詩書からみえる、一般的な戦後詩および現代詩が引きうけた詩の形相であった。

私は疋田の生前、青山の仕事場で、書帳をみせてもらったり、話を聞く機会を得た。戦中に書いた自らの書による詩の原稿や引用された詩に登場する三好豊一郎の「囚人」の原稿の、書による原本をみせていただいた。疋田寛吉については、「荒地のもうひとつのポエジー」という短いエッセイを書いたことがある。晩年の展示会のときに出品された「月光菩薩」の一行書を買い受けたとき、ついでに印を彫ってくださった。そのかわりに、父がもっていた篆刻家の石井雙石が晩年に書いた「寿」の書をさしあげたこともあって、遺言で、青山で疋田が愛用した練習用の硯と何冊かの本をいただくことになった。それから何年かして、預かったままにしてあった原稿を取り出して推敲すると、解説を附して『詩人の書』(二〇〇六)として、上梓することができた。

戦後詩を書にしたいという疋田寛吉の思いには、戦前に兄の竹内幹郎を通じて知った、鮎川信夫たちの青春への親和的な気持ちに発しているものがあるのかもしれない。

抒情

竹内幹郎は、第一次の『荒地』の同人だった。『鮎川信夫戦中日記』は、彼への手紙の形式で書かれたものである。終戦後まもなく、竹内幹郎と疋田寛吉は、戦後の『荒地』の発刊のために、福井県石徹白にいた鮎川信夫を訪ねている。

私が戦地から内地送還されて、この手記を書く頃までに連絡のとれた友人は、三好豊一郎、中桐雅夫、疋田寛吉、それに竹内を介して知った二村良次郎などである。特に三好、二村とはひんぱんに手紙のやりとりをしている。田村とは療養所を出て疎開先へ赴いてから連絡がとれるようになった。この間、三好、疋田、衣更着などとタイプ印刷の詩誌を二、三冊出し、たしか三好の「囚人」という詩は、それに掲載されたと記憶する。

（『鮎川信夫戦中手記』「後記」）

ここで鮎川信夫の都市的な抒情性を、心的なアウラへとさかのぼることのできる、山野の詩的感性に発する詩の抒情性に注目する必要がある。

父や祖父の代まで遡れば、鮎川信夫の根本は、地方出身者の系譜に連なる。鮎川信夫の詩も吉本隆明の詩も、あるいは黒田三郎や中桐雅夫の詩も、現代という時代に対峙する者の、そうしたなかで生活するメンタリティを叙述する抒情詩である。解釈としての都市のイコノロジー（図像解釈学）。

鮎川の詩をテクストとしてみれば、イコノロジーの層としてみえてくる。自然的主題も伝習（寓意）も内的意味（象徴）も、詩のなかに図像としてみえてくる。そこでは、都市の抒情と後背地としての故郷のアウラが、エロス的欲情を喚起し、至福な神的経験を内蔵する幼少年期の思い出と結びついている。

錬金術

二〇〇九年、思潮社の社主である小田久郎の念願であった「鮎川信夫賞」がもうけられた。第一回の詩集の受賞者は、谷川俊太郎である。

賞の発表と同時に、『現代詩手帖』では、鮎川信夫の特集が組まれた。「鮎川信夫と出会う――二十一世紀の遺言執行人のために」と題されていた。ここでは、若い世代のひとが鮎川信夫について語る姿が印象的である。編集の意図も、その方向にむけた明瞭なものがある。もちろん、詩集『夢の庭へ』（二〇〇九）を上梓した、夫君が文芸評論家の牟礼慶子の『鮎川信夫　路上のたましい』や、宮崎真素美の三つの「橋上の橋」に関する研究『鮎川信夫研究――精神の架橋――』（二〇〇二）、野村喜和夫、城戸朱理の『討議戦後詩』（一九九七）で語られた「鮎川信夫」も、現代における鮎川像にせまってやまない。

しかし、そうした研究とは別に、饗庭孝男編集の雑誌『現代文学』では、石川亮二の「鮎川信夫の心境詩とはなにか」という晩年の鮎川の詩への考察が書かれ、首都大学東京の現代詩センターによる研究誌『詩論へ②』では、瀬尾育生や福間健二の論考のほか、北川透の鮎川信夫論、「戦後詩〈他界論〉」が掲載された。

石川は、戦前のファシズムに傾倒した鮎川の父親の出自と白山信仰に触れ、北川は、民俗学レベルで、これまでの生の側からではなく、他界としての死の側から鮎川信夫像を捕らえようとする。ここには、戦後詩から現代詩としていかに鮎川信夫の詩を読むかという先の若い人たちの鮎川信夫像にくわえて、これまでとは異なった視点からの接近がみられる。鮎川信夫に持続的な関心を寄せる世代によって、もう一度、鮎川信夫の存在と詩を現代から読み直そうとする意図が明瞭に読み取れるのだ。

このように鮎川信夫はいまもなお論じられてやまない。だが確かなことは、鮎川信夫の現在を論ずる感性に、戦後詩的言説からは遠くはなれた距離が感じられるという事実である。今後、若い人々によって、鮎川信夫のテクストとそれを論じたものが引用されたり、その詩や評論から読み取るものが語り継がれていくだろう。

そこにみえてくる問題は、鮎川信夫が意識的かつ無意識的に自らの詩に引用した、感性としての

「引用素」とは何かという問題であるだろう。詩的時空としての「一九四〇年の秋から一九五〇年の秋まで」と現実の人生である「一九二〇―一九八六年」を生きた鮎川信夫は、「現在の時も過去の時も／たぶん未来の時の中にあり／また未来の時は過去の時に含まれる」（エリオット『四つの四重奏曲』「バーント・ノートン」の冒頭）という、過去、現在、未来が交錯する当時の日本文化の結節点である「一九四〇―一九五〇」の時代の、「橋上」に生きていた。それは、文化の交差点としての鮎川信夫とエリオットの「橋上」の時空である。抑圧された暗い軍国主義の戦争期につぐ敗戦と戦後の進展に重なり、日本的抒情の感性と西洋のモダニズムがエリオットの「荒地」を象徴として語ることのできる時代であった。

再び、鮎川の戦後の「橋上の人」から詩人の心性の奥に折りたたまれた象徴的な都市の文化が、「引用素」として取り出される姿をみてみよう。

蒼ざめた橋上の人よ、
あなたの青銅の額には、濡れた藻の髪が垂れ、
霧ははげしく運河の下から氾濫してくる。

夕陽の残照のように、
あなたの褪せた追憶の頬に、かすかに血のいろが浮ぶ。
日没の街をゆく人影が、
ぼんやり近づいてきて、黙ってすれ違い、
同じ霧の階段に足をかけ
同じ迷宮の白い渦のなかに消えてゆく。
孤独な橋上の人よ、
どうしていままで忘れていたのか、
あなた自身が見すてられた天上の星であることを……
此処と彼処、それもちいさな距離にすぎぬことを……
あなたは愛を持たなかった、
あなたは真理を持たなかった、
あなたは持たざる一切のものを求めて、
持てる一切のものを失った。

（『同』戦後の最終稿「橋上の人 Ⅵ」）

鮎川信夫の詩的体験や文学体験の窓を、詩的、文学的始原としての「引用素」の再現《リプレゼンテーション》として、たどってみる。

そこには、言葉のもつ生命感にたたえられている詩があり、回帰という現象もなければ、未来への観念的な浮遊も、実体を虚無化する逃走線もない。身体と無意識深くに折り込められた言葉の層から詩空間に取り出されたものは、青春期の詩の仲間たちの群れを喚起しつつ、戦争体験から戦後の時代へと流れる表層空間にあって、父・母・子の三角関係から頻出する「引用素」が特徴的に形成された都市の風景を書き写すミメーシス（現実に対する文字による模倣）があるといえるのだ。

鮎川の直観は、錬金術に近い。自由な言葉の発露と構造的な言語のしくみが合体されている。時代のモダニズム詩や抒情詩やプロレタリア詩の文化の総体の「橋上」に立って、詩の像を表現したのである。

鮎川は、当時の歴史の総体であり、時代が累積してきた文化の総体に散在する現存在の多様性のなかに、自らの身体と精神を置いていた。そこには、ユングの「自己《セルフ》」があり、意識と無意識とを含む心の全的統合性が抱えている「引用素」が、詩的なことばの使用として顕現してくる事実がある。

時間軸を過去にさかのぼり、時間軸を未来へむける。そこに取り出される空間の風景を埋める時代（永遠）の言葉が、ひとつひとつの内的な「引用素」となって、詩を成立させる。その形象の成立の過程は、まことに鮎川信夫の詩に特徴的である錬金術的な観を呈するのだ。

鮎川信夫の詩の抒情を特徴づける「引用素」は、鮎川の過去から現在と未来の内的な時間性を詩に変換するひとつの表象された言語の志向性であった。「引用素」は、引用理論を重視する文芸批評家の高橋英夫によるものである。「引用素」とここでいう「内的時間《アイオーン》」とは、内的に通底している。

第三章　切断

全体主義と日本的抒情

　ここでは、戦後詩人として出発した鮎川信夫の生きた、戦前の時代がはらんだ詩の問題と、鮎川自身の受けた影響の多面性について、語ることにしよう。

　戦前のモダニズム詩に鮎川信夫がどのようにかかわり詩作していたかについては、中井晨《あきら》の『荒野へ――鮎川信夫と『新領土』(1)』(二〇〇七)による論証をはじめ、多くの評家が語るところである。

　そこには、鮎川自身が関わった『詩と詩論』および『新領土』が中心的な舞台となった、欧米文化の輸入と詩の受容、実作としての欧米詩から学んだ詩的モダニズムの技術の問題がある。

同じころ、イタリアの前衛的芸術運動「未来派」は、ヨーロッパのモダニズムの内在的な「速度」や「近代生活の力動性」や「伝統への攻撃性」の視点に立ち、ムッソリーニによるイタリア・ファシズムといわれる全体主義を自ら希求していった。

日本では、農本主義的な理論と感性に対応する『日本浪曼派』や『四季』派の抒情詩の詩的感性と、軍国主義による全体主義とが文化総体の感性として通底した事実がみられた。

日本的モダニズムによった詩人たちからは、積極的なファシズムへの傾斜はなかったものの、形式の模倣を基盤とする戦前モダニズムの詩は、身体性としての内在思想をつちかうことなく、なしくずしに戦争の時代にのみこまれていく。

戦後、丸山眞男は、『日本政治思想史研究』(一九五二)という戦前の「日本の近世思想史」研究を背景にして、西洋の政治形態をモデルとして、「超国家主義の論理と心理」「日本におけるナショナリズム」「ナショナリズム・軍国主義・ファシズム」などのナショナリズムに関する論考と、「日本ファシズムの思想と運動」「軍国支配者の精神形態」などのファシズム論と、「「スターリン批判」における政治の論理」によるスターリニズム批判に関する論考を書いた。

それに対して、中国の思想と文学の研究家である竹内好は、「近代主義と民族の問題」のなかで、「マルクス主義者を含めての近代主義者たちは、血ぬられた民族主義をよけて通った。自分を被害者と規定し、ナショナリズムのウルトラ化を自己の責任外の出来事とした。「日本ロマン派」を黙殺することが正しいとされた。しかし、「日本ロマン派」を倒したものは、かれらではなくて外の力なのである。外の力によって倒されたものを、自分が倒したように、自分の力を過信したことはなかっただろうか。それによって、悪夢は忘れられたかもしれないが、血は洗い清められなかったのではないか」、と日本浪漫派や近代の超克について、近代主義の死角をつく論陣を張る。

さらに、丸山眞男門下からも、藤田省三の『天皇制国家の支配原理』（一九七四）が上梓されたが、『日本浪曼派批判序説』を書く橋川文三は、『柳田國男——その人間と思想』（一九七七）の「第九章日本民俗学の姿」のなかで、丸山眞男の論文について、柳田國男の「証拠がないな」という批評を紹介した。

新体詩や農政学から「常民」思想にたどりつく柳田國男は、日本の民俗資料を有形文化、言語芸術、心意現象に分けたが、究極的な関心は、心意現象にあった。そして、柳田は、日本の敗戦間近になると、折口信夫（釈迢空）が『古代感愛集』（一九四七）を綴るように、日本人への遺言である『先祖の話』（一九四六）を書き、戦後出版する。

一九七〇年代には、多くの柳田國男論が展開され、吉本隆明の『共同幻想論』（一九六八）が上梓されたが、「南島」の問題こそ、文化の差異と支配と被支配のさけめをファシズム論、ナショナリズム論のなかでの位置づけとして明るみに取り出すものであった。こうしたファシズム論やナショナリズム論の文脈に、鮎川信夫の自由主義的思考も吉本隆明の「日本のナショナリズム」の論考も、全体主義と人間の感性の問題として深く関わる。

戦後も、すでに七十年がたった。

日本的モダニズムを論じるに際して、明治以後、欧米の文物の輸入に奔走した歴史から考えると、日本的風土のなかで、どのように思想や学問や技術を取捨選択して、日本人の感性にあったものにしてきたかという日本的偏差からみえてくる文化的事情も配慮する必要がある。また、イデオロギーによって、文学表現の評価をしようとする動きに対して、思想や詩の表現として根拠があるのは、戦後になって批判された『日本浪曼派』や『四季』派の抒情ではないだろうかという意見が出てきている。

『日本浪曼派』はマルクス主義を通過し、『四季』派はモダニズムを通過した詩人や作家のグループであった。ともに「ヨーロッパ」と「近代」を東洋の側から指弾する「近代の超克」を唱えていた。史上有名な、『世界史的立場と日本』(一九四三)や、音楽、歴史、科学、哲学などの各界の知識人と河上徹太郎、小林秀雄、亀井勝一郎、林房雄、三好達治、中村光夫などの文学者による「近代の超克」(一九四二、「文學界」)にかかわる状況下にあった。

萩原朔太郎の「日本への回帰」や中村光夫の「「近代」への疑惑」、保田與重郎の「文明開化の論理の終焉について」があり、そして、高村光太郎は、詩集『記録』を時局的に出版し、横光利一は、『旅愁』の後半で、「東」と「西」の問題を作品にする。

何故、日本的感性や日本の美を語ることはいけないのか。そこにこそ、今日につながるアポリアがある。

「近代の超克」が「近代」に対して「反近代」と結びつき、日本的抒情となったその詩作は、西洋詩の模倣から解き放たれて、自らの情念の思想と抒情との矛先を、身体の血肉化にみつめたものだった。

この点を鮎川信夫像に関係づけていえば、戦後五十年の節目でなされた『討議戦後詩』のなかで、キリスト教にシンパシーを感じている瀬尾育生の鮎川の詩の解釈をストイックに評価する姿とは別に、『四季』派や『日本浪曼派』の流れをくむ土地に生を受けた野村喜和夫が広義のロマン主義者として鮎川信夫像を大胆に取り出そうとしたことがあげられるだろう。

鮎川信夫の戦前詩

鮎川信夫の戦前の詩をつぶさにみてみよう。

二つの詩は、ともに戦前の「若草」に掲載されたものである。当然のことではあるが、戦後詩としての鮎川の詩の特徴はまだみられない。都市の風景が、ゆがんだ真珠のように、深い抒情をたたえている。

黄昏

星座に灯が灯り
雪の丸い肩の
風が滑る

尻尾に光をあつめ
青い猫が走る
北斗は傾く……

ナミダは白く腕を流れ――
銅色の月は
するすると
梢を登ってゆく
棗の木の下　誰かが
青い光に濡れて
失った義眼を探してゐた

（『新選　鮎川信夫詩集Ⅳ　未刊行戦中詩篇　1937～1941』「若草」昭和十二・九）

夕暮

青柄のシャベルで

雲の涯をほじくり
珊瑚を撒き散らし

駆けてゆく風である

白い頸の猫は
星たちのさゞめきのかげから
月のまるい窓を窮つてゐる

黒い葩は散弾のように
淵に散った

仄白い珈琲茶碗に
まだ日のにほひがのこつてゐる

（『新選　鮎川信夫詩集Ⅳ　未刊行戦中詩篇　1937～1941』「若草」昭和十二・十二）

鮎川は、「鮎川信夫の『新領土』関連年譜」(中井晨)にみられるように、『新領土』への寄稿や、牧野虚太郎や森川義信などの第一次『荒地』との交友と活動があっただけでなく、『文芸汎論』にも多くの詩が掲載されている。

詩誌『若草』への投稿からはじまり、中桐雅夫編集・発行のモダニズム系の詩誌『LUNA』から『LE　BAL』(一九三八)、『詩集』(『LE　BAL』の後継詩誌、その後、『樹』と合併)に参加し、英米文学を中心とする『新領土』には十八編のモダニズム風の詩を書いている。

当時の小説家や詩人が横断的に参加していた『文芸汎論』には、よりモダンで抒情詩的な十二篇の詩を発表していた。戦前の『文芸汎論』は、当時のジャーナリズムで活躍していた詩と小説と随筆の広範な書き手を擁していた。そこにはモダニズムの書き手だけでなく、『四季』や『日本浪曼派』などにつらなる多くの書き手がいた。第一回文芸汎論賞は、丸山薫の『幼年』であり、第二回は、伊東静雄の『わがひとに与ふる哀歌』が受賞している。その後、村野四郎の『体操詩集』、近藤東の『万国旗』、北園克衛の『固い卵』など、『詩と詩論』によった詩人などが入れ子細工のようになって活躍していた。

よく知られているように、小林秀雄の周辺には、多くの文学者が集まった。それと同様に、鮎川信夫の周辺の詩人たち、あるいは伊東静雄の周辺の詩人たちの群像がある。そこには、文学的な磁場がある。この磁場によって、作家や詩人は、さまざまな目にみえる、あるいは、目にみえない影響をうけて成るものになっていくのである。

『鮎川信夫全詩集 1946～1978』や『鮎川信夫全集Ⅰ』(三好豊一郎、吉本隆明、大岡信監修)と最後の詩集『詩集　難路行』、および『鮎川信夫からの贈りもの』(牟礼慶子)の「鮎川信夫年譜」を総合的に検討してみると、鮎川信夫が戦前に書いた詩篇は、最近発見された新資料を含めると、数え方にもよるが、六十七篇である。

戦後の出発から晩年にいたる詩の数は、戦後すぐに発表された「橋上の人」を入れると、百五十二編である。生涯のその身を切るような詩作は、多作とはいえないが約二百十九篇であった。戦前から戦後にかけての時間軸のなかで、鮎川信夫の詩作は、モダニズム風の抒情詩を特色としながら、変わらざる詩の世界を生きたという点が注目される。

「アメリカ」(「アメリカ」覚書を含む)という戦後の詩からはじまり、『私のなかのアメリカ』(一九八四)『アメリカとＡＭＥＲＩＣＡ』(石川好との共著、一九八六)など、個を大切にする自由主義的な理想を支持するアメリカに対する独自の立場も、戦後の詩から晩年のアメリカの新自由主義・新保守主義的な政治・経済に対するコラムを通じて、不変の位置にある。

戦前の偉大なるエディプスであった父親との実生活のもとで、文章を書くコツを体得した詩人――。自由主義的なモダニズム詩を書きつづけた生涯の鮎川信夫の詩業。

さまざまな文化の交差点である「橋上」の実存にとって、自然体のエクリチュールを生成する姿には、身体のなかの無意識的始原を言語生成へと変貌させるメカニズムがある。詩はあたかも呼吸するように自然体であり、文章を書く点において成熟したのが、鮎川の文体である。その文学的感性の出自を、どのように受け止め解析するかが、ひとつの問題として残されている。

萩原朔太郎と西脇順三郎

鮎川信夫が最期に書いた詩は、「風景論」（「朝日新聞」一九八二年一月三日号）というタイトルをもつ。

一九二〇年生まれの鮎川は、一九八〇年、六十歳となり、還暦を迎えた。鮎川信夫は、吉本隆明との比較でいえば、六〇年代の安保闘争期には非政治的立場をつらぬいた。それに似て詩においては寡黙と沈黙とでもいうべき状態であった。

父親の死を経過として二度目のスランプの渦中にあったと、鮎川自身は述べていた。その八〇年代初頭の詩である。そこには、変わらざるものとしての自由主義者・鮎川信夫が持続してきた詩の深みがある。この奥義のような詩的感性は、彼の無意識からつきあげられた感性による詩なのだ。

何を得
何を失うとも
到達したところから
一歩一歩あゆむほかはない

視界をさえぎるのは
煙か霧か
眼鏡の疲れをぬぐい
深く息をすることもあったが

偽の革命
愚かな戦争

過ぎてしまえば幻の
半世紀は車窓の景色であった

遠ざかる列車のひびきに
家族あわせの円居が
窓の灯をにじませる夜には
いつもかわらぬ休息がありますように

単調なくり返しのようで
同じ風景は二度と現れない
私一人の人生でも
同じ時は決して戻ってこなかった

いまし朝雲を東によせて
大陸からの寒波はきついが

議事堂のまるい空はきれいに澄み
ときわの首都は世界の影を映している

（『詩集　難路行』「風景論」）

そこにもられた「革命」や「戦争」や「国会議事堂」や「ときわの首都」といった抽象名詞や固有名詞には、かつての時代のイデオロギーや、たとえば社会化する堀田善衞の小説や黒田三郎の詩の心情を思わせるものも確かにうかがえる。

詩の生成には、鮎川にとって時代意識としての社会性も大きく影響をみせていることがわかる。しかし、鮎川信夫は、全体よりも個を大切にする。それは紛れもなく、イデオロギーから発せられたポエジーではない。「ときわの首都」のなかに切り取られたモダニズム、それは、都会の風景をうたう間主観的な抒情の絵姿である。

どのような詩人といえども、先達詩人の影響なくしては語ることはできない。そこに詩の歴史があるからである。鮎川信夫の青春期の詩作品に影響を与えた詩人は、萩原朔太郎と西脇順三郎のふたりの詩人といわれてきた。

『月に吠える』（一九一七）から『青猫』（一九二三）まで、朔太郎は近代人の孤独で不安な内面を病的なまでの繊細な感性とたぐいまれな鋭い言語感覚で表象し、日本の近代抒情詩を完成させた。しかし、『氷島』（一九三四）において、虚無と漂泊の荒涼たる世界を表現すると、「日本の回帰――我が独り歌へるうた」（一九三七）によって、近代日本の自意識は、「エトランゼ」（異邦人）でしかないという認識に達していた。

戦後、『近代文学』に招かれて小林秀雄は、社会全体の「反省」気分に対して、「僕は無智だから反省なぞしない」といった。その小林の言葉はひろく知れわたった。河上徹太郎が、「配給された自由」を書いている頃である。『近代文学』と『新日本文学』の激しい論争の時代である。『近代文学』同様、戦前とのつながりを論ずべく、戦後の『荒地』は、西脇順三郎を招いて特集する。戦前の『詩と詩論』『文学』『詩法』などにみる旺盛な批評によってモダニズム詩を先導していた西脇順三郎。戦前の詩集は『*Ambarvalia*』一冊である。戦後の『旅人かへらず』から『近代の寓話』へと、西脇の詩はモダニズムから虚無的な日本の自然にむかう転換の時代にさしかかっていた。その西脇を『荒地』は招いている。

西脇と『荒地』同人を結ぶ象徴的なものは、T・S・エリオットだった。エリオットの追悼の日に、西脇家に集う『荒地』の同人が映る写真がある。西脇の「荒地」の翻訳（一九五二）は、慶應義塾賞を受賞した。

鮎川が受けたふたりの詩人の影響は、時代的に納得のいくものである。しかし、詩誌『新領土』についての研究をみると、もうひとりのモダニズム詩人、村野四郎の影もはっきりと浮かんでくる。

村野四郎

村野四郎は、昭和初期に、『新即物性文学』（一九三一）を創刊している。このモダニズム詩人の村野四郎が深くかかわった詩誌『新領土』には、「パンの会」の北原白秋系の『近代風景』（一九二六―一九二八、全二十二冊）によった詩人たちが加わっていた。この運動に参加した詩人たちは、詩誌『詩と詩論』が詩人の磁場の拡大をはかり詩誌『文学』（一九三二―一九三三、季刊、全六冊）と改題された時にも、そのまま継続して参加した。この『文学』が終刊して『詩法』（一九三四―一九三五、全十三冊）となり、その後継誌となったのが鮎川が参加していた『新領土』である。『詩と詩論』『文学』の後継詩誌の『詩法』は、詩集『埴輪の断面』や「改造」の懸賞論文では、宮本顕治と小林秀雄に次ぐ三位となった春山行夫と詩集『万国旗』の近藤東を中心として、詩集『軍艦茉莉』の安西冬衛、詩集『黄蜂と花粉』の竹中郁、村野四郎、西脇順三郎、詩集『白のアルバム』の北園克衛などの新旧のアヴァンギャルドの詩人たちが寄稿していた。特にイギリスの三〇年代の詩人と詩壇を紹介しているのが特色であった。

この時、村野四郎は、西脇順三郎の弟子の上田保とともに、詩誌『新領土』の編集同人を務めていた。そして、『新領土』の発刊された翌年の一九三八年の二月、わずか十七歳の鮎川信夫が同人となり、「『新領土』加盟についての覚書」を書いている。

当時、何故、鮎川信夫が『新領土』に加わったのかについて、若き中桐雅夫は、鮎川信夫の、モダニストからリリシストへと色彩を強める詩に対する態度に言及している。

後年、『日本近代文学大事典』（日本近代文学館編）では、『荒地』の木原孝一が「村野四郎」の記事を担当している。『新潮日本文学辞典』で「村野四郎」の欄を担当したのは、鮎川信夫である。また、一九五九（昭和三十四）年六月、『現代詩手帖』の創刊号に、「これからの現代詩はどうなるか」と題する対談を村野四郎としている。さらに、九月の『無限』では、鮎川は「モダニズムの功罪」と題する座談会を、上田保、田村隆一、村野四郎とともに行なっている。

先にふれた村野四郎の『体操詩集』は、「新即物主義《ノイエ・ザハリヒカイト》」といわれ、第一次大戦後のドイツ・モダニスムの建築や芸術運動として知られるバウハウスの思想と通底していた。一九三〇年代になると、ドイツではヒトラーのナチスによる退廃芸術への弾圧による芸術の危機が起こる。排斥されたなかには、クレーやカンディンスキーなどのバウハウスにかかわる画家たちもいた。

鮎川信夫の詩の弟子といわれた牟礼慶子は、鮎川信夫の青年期の姿を綿密に描く『鮎川信夫　路上のたましい』と『鮎川信夫からの贈りもの』で、鮎川の日記や書き込みなどから、その詩について論証した。資料性からして、信頼のおける記述である。

そのなかで、若き鮎川信夫の読書傾向には、ヘルダーリンやリルケなどの詩が散見され、まるで『四季』派のような傾向がみえる。牟礼慶子の解読によれば、鮎川信夫は、戦前にあっては、英米文学だけではなく、トーマス・マン、リルケ、ヘルダーリンなどのドイツ文学の影響も強く受けていた。鮎川信夫においても、時代の複雑な文化の層が入れ子細工にように存在し、時代の混沌のなかで生きていた。そこに、いままでそれほど関係を語られなかった、戦前のドイツ・モダニズムを潜っていた村野四郎の存在がみえてくるのである。

愛国詩の問題

しかしよく知られているように、詩人の戦争責任をめぐる議論のなかで、戦前に活躍したモダニストである前世代の詩人たちを糾弾したのも、戦後の鮎川信夫であった。鮎川が批判したなかには、村野四郎の名前もある。受けた側の村野四郎によれば、その批判は『荒地』は戦争期の経験を重視するが、モダニズムの詩の技術的側面をないがしろにしているというものである。

これには『荒地』の詩人たちからの反論があった。北村太郎は、戦前の詩人たちの全集や詩集から戦争中の愛国詩がすべて削除されていることを指摘し、私たちに「空白はあったか」と反論した。村野四郎も、愛国詩を書き、詩集からはそれらを削除していた。だから、戦前のモダニズムを内から「戦時中の自己の挫折を徹底的に究明して、それをのり超える方法が、いちばん賢明であるし、また批評的にも正しい」と批判する鮎川信夫については、『詩と詩論』によった前世代のモダニズム詩人からみると、先輩の詩人たちの理解を得ていた三好豊一郎や黒田三郎よりも、詩が評価されなかった時期があった。

戦後の鮎川信夫に、疋田寛吉との共著である『抒情詩のためのノート』(一九五七)があり、後に思潮社から『日本の抒情詩』(一九六八)と改題して出版された。「藤村、白秋から吉本隆明、谷川俊太郎まで」というサブタイトルがあり、日本の近代から戦後の抒情詩を論じている。

この本を書いたことにみられるように、鮎川信夫の詩の背景には、エリオットやオーデンの翻訳や、さらには、ダンテやヴァレリーに至る影響が指摘されるが、戦前の詩作をつぶさにたどっていけば、モダニスト詩人の影響のなかに、ドイツ系の翻訳詩や村野四郎の存在論的詩の姿も明らかにみえてくる。そこにモダニズムに息づきながら綴られる抒情詩があるのである。

大きな影響を受けなければ、それに対して本質的な批判もなしえない。梅原猛の西洋からの日本学への変換や吉本隆明の「『四季派』の本質」のように、大きな影響を受けながら、本質的な批評が成立するのである。

詩集『*Ambarvalia* 』の西脇順三郎が、戦中に、強まる検閲のなかで詩作を停止して書画に集中し、敗戦間近の疎開先である新潟の小千谷で『旅人かへらず』の詩稿を書く。一方で村野四郎は、戦中の「書かされた愛国詩」から戦後へと大きく転換してゆく軌跡を描く。その点を指摘する必要があるだろう。村野四郎には、後に『今日の詩論』（一九五二、一九八六）としてまとめられる詩に関するエッセイ「現代詩の理解と方法」「現代詩の批評」などもある。これまで、鮎川信夫は、エリオットやヴァレリーの影響を受けた、モダニズム系の進歩主義者としての像ばかりが、あまりにも強調されすぎてきたきらいがある。

「純粋詩」

さらに問題なのは、鮎川信夫自身が影響を受けて通過している「象徴主義」の極北である「純粋詩」についても、その限界について、鮎川自ら語っていることである。

戦後は、詩誌の活発な時代である。そのひとつに、『純粋詩』（一九四六―一九四八、全二十八冊）があったが、『荒地』の詩人たちはここで執筆活動を行っていた。福田律郎の戦後の詩誌『純粋詩』が、詩の社会化によるイデオロギー的な左傾化を伴うと、鮎川は『荒地』の詩人たちといっしょになって別れていった。『純粋詩』には、田村隆一以下、「荒地」の詩人たちも参加していた。北村太郎の「空白はあったか」は、この『純粋詩』に発表されたものである。詩誌の『新詩派』や『純粋詩』や『荒地』の発刊当時についても、先の平林敏彦が描いている詩誌の発行の経緯は、若き詩人たちの生活史を活写した貴重な詩的証言である。

ちなみに戦前・戦後の時代を席捲した、モダニズムの旗頭とされる「シュルレアリスム」の運動についても、鮎川は難色を示している。

「新感覚派」の旗頭で、詩と俳句と小説におよぶ横光利一が評価する北川冬彦には、アンドレ・ブルトンの翻訳があることはすでにふれた。それと対照的である。

大岡信や飯島耕一、清岡卓行など、鮎川からみて次世代の若い詩人たちによる「シュルレアリスム研究」への対決という構図を差し引いても、ここには鮎川信夫の無意識による一元的な詩の作成であるシュルレアリスムに対する批判的な詩的感受性が秘められて語られている。

戦後社会にとって、実存主義と共産主義とともに、シュルレアリスムの思想と芸術運動は、表現者にとって、大きな存在だった。特に若い世代は創造と批評の両面で、シュルレアリスムに大きな関心を寄せた。だが鮎川は一歩距離を置いていたのだ。

一見逆説的だが、鮎川のモダニズムに即しつつ詩作する姿からは、戦前のモダニズム詩とその詩人たちが戦争にかかわりながら愛国詩を書いたことへの批判とともに、モダニズム詩の形象にひそむ非肉体性という限界への思考もうかがえる。現代の身体論や心身論から考えると、見過ごせない事実である。詩を書くことの技術と詩の内在的な思想やエートスの問題である。

このように、モダニズムとの関係を整理しなおすと、鮎川信夫の内在的な抒情《ポエジー》の問題が、再浮上してくるといっていい。

第四章　風景

戦後詩人の鮎川信夫が、戦前につちかったモダニズムの影響からときはなたれるようにして、戦後社会の変化を「風景」として書き綴る姿をみてみよう。
戦後すぐに発表された鮎川信夫の詩に、「風景」というタイトルの作品がある。

ひとりぽっちで橋にもたれ
夕暮のなかで煙草をすっている男がいる
そして彼の背中のように寂しい風景がそこにある

重たい誰かの靴音が
彼の病んだ肋骨のなかを
未来の一歩々々のようにこつこつと遠ざかってゆく
今日も都会の窓に灯がともり
昨日のように空は濁った河のうえにある

アーク灯のかげで多くの骸骨が
抱きあった若い男女になって
廃墟のなかを踊り狂っているのが見えないわけではない
とおいビルの屋上で
聾の老人が世界に向って何か叫んでいるのが
かすかに聞こえぬわけでもないのである

孤独な彼の横顔は
じぶんの不幸を悲しんでいるわけではない

まして夢を見ているわけでもない
橋にもたれてぼんやり煙草をすっている
明日もなければ今日もない
それだけの運命である
ときに河明りが彼の額を照らしだし
風景はいっそう青ざめてくるのみである

（『鮎川信夫全詩集』Ⅰ 1946～1951「風景」）

「橋」「風景」「都会の窓」「アーク灯」「廃墟」「ビルの屋上」「河明り」などの言葉に象徴される都会の風景と喧騒は、戦後の発展と内面の倦怠を融和しつつ、橋の上にひとつの抒情の世界を描いている。

幼い頃から父親を助け、ともに生活した鮎川は、「大学に入るまで、家はたびたび引越したが、新宿から吉祥寺のあいだで中央沿線に限られていた」（「小自伝」）とあるように、渋谷や新宿と、中央線の「原っぱ」であった中野や高円寺周辺に、都市のイメージを重ねている。そこには、一九二三（大正十二）年におこった関東大震災後の広範囲にまたがる人口移動と新開発を経て、戦前から戦後に転換し拡散しつつ生成する都市の原風景がある。

父や母とともに街を移転しながらくらした身体そのものが、ヨーロッパ・モダニズムの影響によって摂取された都会の風景を確かなポエジーとして奏でている。そこには、震災後に復興する都市の風景と空襲後に復興する都市の風景がパラレルに映し出されている。

「引用素」としてみれば、キリスト教的感性もあれば、甦る戦争体験や青春期の風景からのことばの層もあった。鮎川の直観による詩は、純粋経験から浮かびあがるイマージュ像を拡大しては深化させ、多様なことばのポエジーをひとつの河に流露として流れ込ませているかのようだ。それは、拡散した「現在」の映像の一極を微細的に描く今日の現代詩人たちとは別のものだ。そこには、社会の変動期から抜け出して拡がってゆく戦後世界を眺める鮎川信夫のことばが形象した世界が、間主観的に志向された詩の風景の錬金術によって描かれている。

吉本隆明は、鮎川信夫の詩にでてくる都市の風景を、自らの生活の場《トポス》であった隅田川のむこう岸の月島から深川の下町の風景に、原像として重ねあわせた。さらには、その背景にみえてくる近代《モダニティ》の像を、新橋の街から汽車や電車で繋がる近代都市・横浜のモダンな街のイメージとして想定した。『文学における原風景』（奥野健男、一九七二）の「原っぱ」に象徴されるように、都市が日々変貌する姿は、近代建築の象徴であった戦前の東京駅の駅舎が、空襲後には赤レンガの駅舎に修復されたことにもあらわれている。鮎川の詩のもつイメージは、都市の象徴的なイメージとして重層的に重ねあわされているともいえよう。

田村隆一と北村太郎

鮎川の都市への志向にもまして、都市をうたったのが田村隆一だった。

田村隆一の編集による、『都市　The City』（一九六九—一九七〇）という四冊の雑誌がある。ここには、編集者田村の慫慂もあって、『荒地』の詩人たちの詩が掲載されている。

鮎川信夫も、第二巻に「新聞横丁」の総題で、「路上のたましい」（のちに「途上」に改題）「顔のない夢」「新聞横丁」という都市の抒情を描く三篇を書いている。

戦後詩に関心のあるひとであれば、誰でも知っている詩集『四千の日と夜』（一九五六）で出発した田村隆一の晩年は、谷川俊太郎や大岡信にならんで、『荒地』の詩人のなかでは、ジャーナリズムをにぎわす存在であった。特に鎌倉での身近な編集者との交友が伝えられてきた。晩年、体調を崩した折り、国立東京第二病院（現在は国立東京医療センター）に入院していたことがある。その後、鎌倉の自宅にもどったが、「詩でがんばります」という大きな声を聞いたのが私にとって最後であった。

『かまくら文壇史』(巌谷大四、一九九〇)は、横須賀線の開通とともに移り住んだ「近代文学を極めた文士群像」を描いているが、そこには、芥川龍之介、大佛次郎、川端康成、小林秀雄、永井龍男などの鎌倉文士の名がみえる。

鎌倉の二階堂という地名や小林秀雄と中原中也の思い出である妙本寺と田村隆一。

鎌倉の比企《ひき》ヶ谷《がやつ》に
中世の大寺院があって老樹の海棠《かいどう》の花
その花の散る姿を黙って眺めていた二人の男
昭和十二年の四月の石の上に腰をおろして
その一人が胸の中で呟いた
「あれは散るのではない、散らしているのだ」(小林秀雄)

もう一人の男　中原中也はその年の十月にこの世を去った
いま　老樹は台風で倒れ　若木がすっきりと立っている
「散らす」までにはまだ時間がかかる

（詩・田村隆一／写真・荒木経惟『花の町』「散る」）

おじいちゃんとおばあちゃんの原宿として、巣鴨の商店街と巣鴨地蔵尊が喧伝されていた頃である。田村隆一の一面の新聞広告が、世間を驚かせた。老いた詩人田村隆一が、消費社会のプロパガンダに登用されたのだ。都市が消費社会の顔として実感されたのは、いつの頃からであろうか。鮎川だけでなく、田村にとっても、都市生活の実体が、消費へと変化する時代をみていたのである。亡くなる直前に出たのが最後の詩集『1999』（一九九八）である。「都市」を描きつづけたともいえる田村隆一は、最後まで、詩における表現と時代層とを追及している。

『ダンディズムについての個人的意見』（一九九〇）という著作もある田村隆一はダンディな詩人だ

った。当時鮎川信夫の、スーツやジャケットに、ときには帽子をかぶったネクタイ姿で、煙草をくわえ、自動車に乗り、ゴルフやビリヤードに興ずる背の高い風姿も、ダンディズムともみえた。それは都市への志向性と呼ぶべきかもしれない。鎌倉組といわれた小林秀雄たちや都下の河上徹太郎などを同心円とするゴルフや酒や文学談義とは異なった個人のダンディズムであったが、そうした仲間たちとの交遊の風姿にも似ている。

鮎川の詩「路上のたましい（途上）」からみえてくるのは、世界情勢の影と空気である。

そのとき
ふと歩みを止め
世界の明るさに耐えた。
アラブの町の
吊られたユダヤ人のように
地球の重みを首にかけて、
死にたくなった。

どうしてかわからない。
大事故の記憶がよみがえってきた。
三十年前か
もっとずっと昔、
生れる前か
もっとずっと昔の、
a broken man
村の思想の種子がこぼれて、
アスファルトの縁に
タンポポのように咲いたこともあったか。
死よりも暗い「病院」で
見たものを否定して生きてきた
こめかみの痛みはつづく
炎天下……
くるめく十字の

黄ろいタンポポを黄色にしたものが
ときに男をさびしくさせる

（『鮎川信夫全詩集』Ⅴ 1966～1972「途上」「路上のたましい」から改題）

詩から自動車に乗り、帽子をかむり、ゴルフやパチンコや競馬に通う詩人の姿が、タバコをすう姿が、彷彿として浮かんでくるようだ。

「五十三歳で親友の妻と恋に落ちたとき、詩人は言葉を生きはじめた」というねじめ正一の『荒地の恋』（二〇〇七）は、北村太郎の晩年について書いたものだ。北村太郎の詩集名が各章のタイトルに冠せられ、冒頭には、北村自身の詩のフレーズが引用されている。私は、この本について、週刊読書人で書評を書いたのだが、そこには、鮎川信夫の自動車を運転する姿が頻繁に出てくる。銀座で開かれた疋田寛吉の個展「荒地を書く」にも、閉会後片付けを手伝い、荷物を自動車で運ぶ鮎川信夫の姿があった。

余談になるがここで、北村太郎の作品を読んでみよう。北村が新聞社の校閲の仕事をしていた頃は、詩の作品も少なかった。晩年になって、明らかに詩人の眼を獲得した北村太郎は技巧を伴いつつ走り出した。若い人からは、戦前から戦後への詩に対する尊敬の念とともに、いまなお「現代詩人北村太郎」と慕われつづけている。詩人の死後、遺稿詩集『すてきな人生』（一九九三）や自伝『センチメンタルジャーニー』（一九九三）が上梓され、『北村太郎を探して』（二〇〇四）では、多くの友人による北村太郎論と若い詩人の北村太郎の詩によせる文章が収められている。

北村太郎の晩年の詩を読んでみよう。

麦藁帽子を、ひざに置き
下の、池のほとりのベンチに座る男を
林ぜんたいが、気づいていて
知らぬふりのまま、遠ざけており
男は、うなだれて動こうとしない
足もとにミョウガが、踏まれてあり
池はアオミドロの顔で、男を
しげしげと見つめながら、泡ひとつ

立てるまでもなく、重さを保っている
ひどい暑さが、水面を緊張させて
虫いっぴきの飛び出しをも、けっして
許そうとはせず、男の
眠りを、眠りの手でゆっくりかきまわし
ずれているひざの帽子を、落とさせない

けさ、ヒグラシが鳴いていて
夜なかの風は林の追憶を、いっそう
ゆたかにし、いじわるにもした
真昼、おびただしい葉は力いっぱい広がり
真上の日輪よりつよく、影を消している

（北村太郎『すてきな人生』「八月の林」終わりの二連）

この詩は、一九九二年八月十四日に「読売新聞」の夕刊に掲載されたものである。

北村太郎の生前に書かれ、発表された最後の詩である。口唱ではなく、筆記していくと、北村太郎の詩の息遣いのすごさが伝わってくる。そして、すごさと同時に詩人の老いの垣間見える時期でもあった。

北村は朝日新聞社の校閲部に長く所属していた。その頃に書かれた作品は、数のうえからも質の点からも十分な運筆によるものではなかった。それだけ、仕事が生活に占める比重が大きかったのだろう。それが、いまあけはなたれた窓から飛び立つ鳩のように、詩は走り出していた。鮎川信夫と吉本隆明が結び目をつくって別れる頃、北村太郎は、詩集『笑いの成功』（一九八五）や『港の人』（一九八八）を上梓する。

加島祥造は、日本経済新聞に掲載された北村太郎晩年のエッセイ『うたの言葉』（一九八六）に注目していた。下町の浅草に生まれ育った北村太郎が、短くはぎれのよい的確な鋭い感性の文章で、これまで生きてきた証として、文化的教養の一切を盛り込んだ本である。

「こつこつと鉄柵をたたくのはだれか。」（「墓地の人」）、「残酷時代、／おもたい銀の首輪と、／おもたい鎖とが一生の始めに、／きらきらと輝いたのです。」（「微光」）、「滅びの群れ、／しずかに流れる鼠のようなもの、／ショウウィンドウにうつる河。」（「センチメンタルジャーニー」）。モダニズムを胎内で独自に培養する北村太郎は、仕事がなかった一時期、鮎川信夫の父が新宿でやっていた古物商を手伝っていたこともあった。鮎川の戦争詩篇にくらべると、北村に戦争体験の影は少ない。その分、北村のモダニティは、敗戦から復興する戦後を生きる詩人の精神を鋭い言葉にのせている。

吉本隆明

一九五四年頃からは、吉本隆明との交渉がはじまる。

後年は、ほぼ年に一度の「対談」で、ふたりは顔をあわせることになった。対談を終えると、鮎川信夫は吉本隆明を車で文京区千駄木の自宅まで送り、「二十四時間営業」の吉本宅にあがりこんで、夜更けまで話し込むのが慣例だった。

一九二〇年代、ヨーロッパの芸術諸般に共時的に発生し、パリやロンドンやニューヨーク、ウィーンやモスクワの都市に展開したモダニズムは、時を移さず日本の都市へ流れ込んだ。一九二〇年生れの鮎川信夫が受けたのが、自然主義に反対した前世代の詩人たちが翻訳紹介したこれらのモダニズム文化からの影響である。一方、吉本隆明は一九二四年生まれである。

鮎川信夫の戦前戦後の詩は、「故郷」や都市の「第二のムラ（故郷）」（神島二郎『近代日本の精神構造』）を対象としなかった。鮎川の立脚点は、あくまでも、ヨーロッパやアメリカを基盤とするモダニズム文化の輸入と受容を歴史的経過のなかに志向できる、文化の交差点としての近代《モダニティ》の感性であった。自然体の文章のなかに、時代と文化の生成変化する姿が、光と影となって交錯して映し出される。ひとひねりもふたひねりも思考されて劇化する詩章は、あたかもゆがんだ真珠のようにさえみえるほどに輝くバロック的構築をみせている。

詩行の奥行きと言葉の深さが、行間の緊張感を伴って、言葉の流れの感性に表れる。晩年の詩作に至るまで、市民社会の表層の流れに抗するように、無意識下から戦争体験の苦渋を甦らせ、生を支える心的リビドーによる都市の風景を抒情的に描く。そこに、鮎川信夫の詩の形成《リリカルメソッド》がある。そのことをまず確認しておこう。

吉本と鮎川の関係を論じる前に、まず鮎川のモダニズムとその方向性、そして父との関係に触れておかなければならない。

生まれ育った風土と実際に生活した場所は、詩的場《トポス》の問題をあらゆる詩人に喚起する。固有の詩を生成しようとするとき、深層の詩的トポスは、詩人の身体のなかに、大きな座としてかかわっている。神経系の中枢である延髄や海馬の核に、眼による色、形、音の風景として現象学的に受容され、生成してくる詩的言語を無意識からにじみ出るイメージに変換する。

音のオルガンは、蝸牛がつかさどっている。かつてロマン派の詩人たちは、既成秩序に対抗する自己の内部世界の無意識のありようを、外部世界の山の風景や夢の想起や都市の革命のロマンチシズムに変換させて、文学表出の劇化の方法とした。

しかし、この場合のイメージとは、音楽でもなければ、絵画でもない。深層から表層へ垂直に立ち昇る言葉のイメージであり、自由詩運動の言語のイマジズム（喚起性）の問題なのだ。

それをユングは、深淵からたちあがる思考と沈黙、理性と真理の充溢する永遠の生命であるアイオーン（抒情）といった。詩人の内面から抽出されるアイオーンが、言語を介して抒情を奏でるとき、ふたつは内的に通底している。

あたかも中世からつづく文化的重層空間をもつヨーロッパの都市に対面するように、詩人の身体は、いま目の前の現象しつつ変貌する都市の風景のなかにあった。時代的にも栗本慎一郎の経済人類学でいう光の都市・闇の都市に、心的リビドーは航行する。詩人のミクロコスモスを備えた詩人の身体は、マクロコスモスたる光と闇の都市のなかを移動し歩行して、言葉による詩のコスモロジーを喚起する。

過去のいっさいの深みから無言にたちあがる想起作用によって、言語のイメージの層として詩の風景が取り出される。その時、詩的な言語風景は、身体に埋め込まれた文化の交差点の実存と言語の共時層からなる「引用素」を表象した「詩の態《すがた》」となる。

時代の表層に浮かんでは消える人と事と物と、『荒地』の詩人たちが書きついだ詩的言語が、鮎川の詩のなかに変容されては引用される。現実の移動や歩行やさまざまな身体への刺激によって、幻想領域から湧きでるポエジーが詩作品を生んだ。光と影が、ゆれるまなざしとなって、交錯する。ひとひねりもふたひねりも変化して記述された、重層的かつバロック的な風景が、あたかもゆがんだ真珠の輝きのように構成される。そのことは、第六章で詳しくふれよう。

そこに、鮎川信夫というモダニズム詩人の複雑可憐な抒情性を読むことができる。

石徹白

鮎川の身体に刻印された風景の根源を具象的に語れば、鮎川にとっての「後背地」である石徹白《いとしろ》の風景が内在的に薫習した残像も、とくに晩年、ひとつの闇となって映し出されてくる。

富山県を故郷とする深田久弥の『日本百名山』（一九六四）によれば、白山は、美しく、安心する山と書かれている。五来重の『修験道入門』（一九八〇）の「石徹白の泰澄」によれば、泰澄は、日本海からみえる石川・岐阜・福井の三県にまたがるその白山連峰で、山岳信仰を創始する。

古代からの白山信仰は、観音像を中心とする観音信仰であり、白山の神に仏の姿が顕現した十一面観音像が多いという。白洲正子は、『かくれ里』（一九七一）の「越前　平泉寺」で、福井県の平泉寺白山神社に詣でると、神仏習合の元祖として泰澄を取りあげ、この山岳信仰や神仏習合の思想が日本文化のひとつの母体であるとしている。日本人の受容精神が培った本地垂迹によれば、白山の神に仏の姿を映した観音信仰がある。

それは、日本の山の神と外来の仏教との民間信仰的な結びつきをみせるものである。

石徹白は、上在所にある白山中居神社に使える社家、社人の集落で、社記によれば、景行天皇十二年に社殿が営まれたという。全村が神社の神領で、無高、無税、帯刀を許されていた。社家は神に仕えることを本職とし、社人は祭事の時以外は農耕に携わった。

養老年間に泰澄大師が社域を整え、神仏習合の神社として尊崇され、鎌倉初期に藤原秀衡寄進と伝えられる、銅造虚空蔵菩薩が奉献された。

（牟礼慶子『鮎川信夫　路上のたましい』）

石徹白こそ、石川と福井と岐阜から登る白山への登山基地であった。そこには、神仏習合的な山岳信仰である白山信仰に生きる民衆の生活が、累々と歴史的に営まれている。鮎川の家、上村家は、この白山信仰の白山中居神社の氏子であり、中心的な家系のひとつである。

白山信仰を中心とする民間信仰とのかかわりは、詩人の父に強い影を落としている。日本のモダニズムの受容は、「父」や「農村（地方）」から発している。「父」なるものへの反発や「農村」からの離脱という脱伝統のなかに、「都市」や「孤独な個的存在の自覚」を基盤とするモダニズムがあったのだ。鮎川の父は、白山信仰を背景に生きた人物だった。

晩年に、弟子として鮎川信夫と親交のあった河原晉也は、師匠である鮎川信夫のミステリアスな肖像を書いた『幽霊船長』（一九八七）の「桜の幹に十字の詩」のなかで、鮎川への思いの深さから父・上村藤若への関心に貫かれた文章を書いた。地元では、戦後詩人の鮎川信夫より、父親の上村藤若の方が、はるかに高い尊敬の念を受けているらしい。

父の上村藤若は、日清戦争のはじまった一八九四年に生れている。鮎川信夫の誕生は、国際連盟の発足した一九二〇年だ。「父はファシズムの共鳴者であったから、敗戦による打撃は、いわば自業自得であるが、人から戦犯呼ばわりされるのはさすがにつらかったようである。けっきょく父の場合、心は癒されぬまま、あやしげな新興宗教の管長となり、へんなお経の創作に没頭して終わっている」(『鮎川信夫戦中手記』「後記」)と語られる父親は、当時、故郷の小学校の校歌も作るが、都心の鮎川とともに身を寄せ、骨董などの古物商として困窮する日々を過していた。藤若の著書に『宗吾甚兵衛を語る』(宗吾霊徳顕揚会、一九三〇)がある。江戸時代には、石徹白騒動と呼ばれる、大勢の追放者や死者を出した石徹白を舞台とする名主と農民との事件があったことを考えると、戦犯と言われた藤若の心中を察する思いがする。

父・藤若が、伝統とナショナリズムのなかで農本主義思想に入っていくことに反して、鮎川信夫の青春が、新興のヨーロッパのモダニズムと西洋文化にむかっていくことは、西洋的なまなざしを咀嚼しつつ日本に目をむけざるをえない、まことに日本の「近代」と「自由」を象徴的に語るものである。

今後鮎川信夫の追跡調査があるとすれば、鮎川信夫の「後背地」としての「父」についてであり、故郷「石徹白」についてであり、父親と母親の「系譜」であろう。

ぼくの親父は雑誌をやっていたわけですよ、予約購読制の一種の青少年の教育雑誌みたいなのね。当時の農村のいわゆる窮状っていうのはひどいもんだったですから、途中で雑誌を「村を護れ」っていう題に変えて、かなり右翼的な農本主義者になっちゃったんです。その編集の手伝いをやらされたことがあるんです。中学時代から。その会社もだんだん左前になり、しまいには一人一社みたいになっちゃって、親父とはすごく仲悪かったけど仕事に使われて、封筒書きやら、しまいには原稿まで書かされて［略］

（『自我と思想』「精神の確立と戦争」対談鮎川信夫・秋山駿）

鮎川と同じように、ヨーロッパ近代、とりわけ象徴主義から出発した小林秀雄は、戦前、骨董にかかわりながら生活と精神の目を磨き、「私小説論」を中心に日本的リアリズムを検討した。さらには、日本文化としての中世論を身体論的な文章によって記し、初期の『文學界』（一九三三―一九四四、通算百十九冊）に発表する。そして、直観による「物」の「美」と「造型」の古美術の世界に没頭しつつ、津田左右吉の書いたものを熟読した。そうしたなかで、津田左右吉や柳田國男から学び取った「生活史観的思想史」の窓から、「唯物史観的思想史」のイデオロギーに切り込むのである。

鮎川信夫は敗戦の年、岐阜から鉄道に乗り、郡上八幡から故郷の石徹白に帰り、蒔を集めたり、鮎釣りをしながら、一九四〇（昭和十五）年に発売禁止となった津田左右吉の『古事記及び日本書紀の新研究』（一九一九）や『神代史の研究』（一九二四）などの本を早稲田大学の友人に送ってもらい、読んでいた。

戦前発禁となった津田左右吉の学問研究は、戦後になると、逆に文化勲章を授与されるほど評価される。戦地から病院船で帰ってきた鮎川信夫が津田左右吉や仏教書、日本浪曼派の本を紐解く姿は、小林秀雄だけでなく吉本隆明の戦後の一時期ともオーバーラップする。津田左右吉は、岐阜の出身者で、早稲田大学で教鞭をとっていた。吉本隆明も、鮎川と同様、戦後の価値観が激しく転換する時代にあって、すぐにマルクスを読むことではなく、聖書や仏教書に奥深く入り込んでいる。それはやがて「マチウ書試論」と「高村光太郎論」に結実する。天草から出てきた祖父と父親をもつ吉本隆明の家も、熱心な浄土真宗の家系である。

鮎川信夫と吉本隆明の交渉史。ふたりは、最後は結び目をほどくことなく別れてしまうのだが、お互いに何をいいのこしておきたかったのだろうか。晩年の柳田國男がいいのこして置きたいことがあるといった相手は、戦前、顧問を勤めた創元社から、彼の著作を何点も出した小林秀雄だった。鮎川信夫と吉本隆明の精神の「接線」のように、柳田國男と小林秀雄の精神の「接線」は、戦後詩の語りえない秘境でもある。

第五章　〈戦後〉

私は、東京麻生の鮎川信夫の墓を訪ねると、いろいろな思い出がよみがえってくるのに身を任せる。地下鉄の駅からあがり、麻布十番の街に出る。目のまえにひろがる商店と住宅の明かりがゆれるなかに、浄土真宗本願寺派の善福寺がある。

本堂は、戦災で焼けた後、京都の東本願寺の建物を汽車で運んで再興したといわれている。境内には、初代アメリカ公使ハリスの記念碑があり、大銀杏と親鸞像のとなりには福澤諭吉の墓がたたずむ。墓所の奥の右側の高台に、「鮎川信夫之墓」がひっそりとあることを、知るひとは少ない。

「鮎川信夫之墓」の文字は、『荒地』の同人で、書道評論家の疋田寛吉が揮毫したものだ。鮎川の故郷・石徹白にも、疋田寛吉が揮毫した「山を想う」の詩碑が立つ。その除幕式の当日の写真には、思潮社の小田久郎も写っていた。墓碑の横には、次のように書かれている。

「昭和六十二年六月　妹　康子建立」

上村藤若　昭和二十八年十一月二十一日没
上村幸子　昭和六十一年六月三十日没
上村隆一（鮎川信夫）　昭和六十一年十月十七日没

鮎川信夫の「妹　康子」という名前を目にすると、いただいたお手紙とともに、温情の思い出が胸底からわきあがる思いである。

現代思想の時代

鮎川信夫の晩年を象徴する、現在ともかかわるいくつかの重要なエピソードがある。

エピソードの発端は、磯田光一による『戦後日本文学史・年表』（増補改訂・松原新一／磯田光一／秋山駿、一九七九）の「第十三章　戦後詩の新風——「荒地」派を中心に」に論証されているが、「『荒地』の立場」を『荒地』がエリオットの「荒地」にちなんでつけられたグループ名であったとしても、エリオットにみられた伝統や正統の再建への希求は、日本の『荒地』にはみられない」とすることにはじまる。

七〇年代から八〇年代の翻訳文化がもたらしたポスト・モダニズムが、いまだ身体をもたない現代思想として時代を席巻していた頃である。雑誌『現代思想』（一九七三—）や『ユリイカ』（一九五六—一九六一・一九六九—）をはじめ、時代は、新思想の紹介に明けくれていた。

時は戦前にさかのぼる。ダンテの『神曲』を英訳したエリオットの『荒地（*The Waste Land*）』（一九二二）、そして『四つの四重奏（*Four Quartet*）』（一九四三）や後続するオーデンの『新年の手紙（*New Year Letter*）』（一九四一）については、伝統との関係や宗教との兼ね合いから同時代においては批判にさらされていた。当時のエリオットやオーデンの詩の翻訳と受容は、主として批判的なものだった。連合軍やアメリカからはイタリアに渡りムッソリーニを熱狂的に支持した戦犯であったパウンドが唱えた「Make it new」の考え方を別としても、自動記述法を提唱したアンドレ・ブルトンの「シュルレアリスム」からは、また何よりも進歩思想としての共産主義思想からは退行として映り、キリスト教的宗教観に遡行した反動として論じられていた。そこには、例えば、エリオットの「荒地」の最終章にみられる、インドをはじめとする東洋思想への関心に対する偏見や無視に近いものもあった。

一方で日本には、日本的抒情に深く根をおろしている「短歌的抒情」と戦前のファシズム下での狂信的な短歌がかかえた難問がある。いわば、西洋におけるエリオットやオーデンについても、日本における短歌的抒情についても、伝統の内在性の問題が、イデオロギーによる批判にさらされていたのである。

戦後文学が時代の星だった頃、「第一次戦後派」の批評家たちは、多くが戦中の転向文学者であった。戦時中、彼らは、獄中にあって戦地での直接的な戦争とは距離のある傍観者の立場にあった。そうしたことも影響してか、近代を付け焼刃と批判し反近代を標榜し日本的抒情の最たるものとみなされた戦前の『日本浪曼派』に対して、根柢的な批評を加えた戦後の思想的動向には無関心と排除の立場にあった。それらには、戦前の軍国主義による全体主義が現出した超国家主義（ウルトラ・ナショナリズム）に対するアレルギーのような、宗教に対する拒否感に満ちた言説に基づいていた。

鮎川信夫の晩年の詩に、「風景」にかかわる詩のエートスをみるのだが、風景論についても、七〇年代の半ばを過ぎると、蓮實重彥が『表層批評宣言』（一九七九）の最後に「風景を越えて」を書き、柄谷行人には『日本近代文学の起源』（一九八〇）の冒頭に「風景の発見」「内面の発見」がある。

現代思想の時代を代表する評論家たちが、まず確認し格闘したものこそ、「近代主義」のひとつの特徴である風景というロマン派的なエートスと概念であった。

ソルジェニーツィンとアメリカ

一方、同じ頃に鮎川信夫が追っていたものは、ひとつは詩集『宿恋行』のなかの「Solzhenitsyn」の詩や、「ソルジェニーツィン来日の意味」をはじめとするコラム形式による時評に表現されたソルジェニーツィン問題である。

つぎに追っていたものは、「キッシンジャーの勝利」「ルカックスのレーガン評」「保守とリベラル」などのアメリカの「新保守主義」への関心であった。

その状況への視点は、自由主義からみた全体主義的な共産主義と、進歩主義や理想主義から保守主義的な自由主義を含める民主主義の問題であり、具体的には、作家としての個であるソルジェニーツィンとアメリカの生活信条から経済主義にいたる伝統的な「新保守主義」の存在に固執し、焦点を当てるものであった。

鮎川信夫の戦後の詩作品のなかに、「アメリカ　『アメリカ覚書』」（一九四六―一九五一）という詩と詩論のような覚書がある。そこには、「一九四二年の秋」から「一九四七年」にかけての戦後詩としてスタートする鮎川信夫の青春と「アメリカ」へむけられた特異な対話の世界がある。「私は断片を集積する。私はそれらを最初は漂流物のように冷ややかに眺めているが、次第にそれらの断片によって我々の世界が支えられていることに気づく。私はそれらの断片に、総括的な全体との関聯に於て、部分としての位置を与える」(「アメリカ覚書」)。

それは、ひとつの戦後的認識の出発だった。鮎川をはじめとする青春の終わりとともに戦後をむかえたひとびとは、かつての戦争状態に突入する全体主義的な機運を、過度のナショナリズムが原因であったと考えていた。「一木一草に、天皇制が染み込んでいる」(竹内好)という戦前の狂信的なナショナリズムが、鮎川の父を初めとする多くの人たちを全体主義に駆り立てたのだ。ひろく眼を世界にむける必要があった。さかのぼれば戦前のモダニズムの諸潮流の移入は、本来そうした可能性に開かれていたはずである。全体ではなく、個。自由な個である。鮎川信夫は、戦後一貫して、そうした立場からの発言をしている。そうした思いは、戦後の早い時期での「アメリカ」という詩へ結晶し、アメリカという国と文化と経済政策への関心につながっていた。

これは鮎川の、「詩と時代といまの状況」や「詩人と時代——詩人の姿勢——」などの言説にもみられる、時代とともに歩み、戦後を持続する精神の実在感を唯一のリアリティとする、時代の確認であった。

ソルジェニーツィンに関係して鮎川にとって関心があったのが、戦後遅れて出発した石原吉郎の存在と詩である。特に、石原の「シベリアエッセイ」ともいわれる文章には、ソビエトの「ラーゲリ」や「収容所」への関心とともに、強くひかれるものがあった。
『荒地』に最後に加わってきた石原吉郎の戦争体験とシベリア抑留について、鮎川信夫は少なからず語り、執拗な精密さで、ソルジェニーツィンの『収容所群島』を繰り返し読んでいる。

ソビエト体制とは
監獄・収容所システムにほかならぬ　と
自己の経験をまっすぐ語るあなたの言葉は
いつもかぎりなく透明で　疑問の余地なく真実だから
ぼくたちは世界の片隅でふさぎこみ
悪い夢からさめた人のように首をふるのである

（『詩集　宿恋行』「Solzhenitsyn」）

黒田三郎と石原吉郎

このソビエト体制への固執はさらには、『荒地』左派といわれた黒田三郎との関係ともつながる話である。ここで黒田について触れておきたい。

「父は軍人だったがたたみの上で死んだ／そして祖父は／明治十年に戦死／というのが僕の知っているすべてだ」（「羊の歩み」）。そう歌った黒田三郎は、温厚な紳士だった。角川書店の『日本の詩集16　黒田三郎詩集』（一九七三）も版を重ね、昭森社から『定本　黒田三郎詩集』（一九七六）も早くも発行されていた。中央公論社から「現代の詩人」シリーズが発刊となり、吉岡実、鮎川信夫、田村隆一につづいて黒田三郎は第四巻に置かれたが、その刊行は彼の死後だった。

昭和五十一年の夏には、わずか十一篇の箱入りの詩集『悲歌』（一九七六）を昭森社から出している。黒田三郎は一九八〇年の死の前年には、病気でやつれた身体を引きづるようにして、会合で挨拶していた。詩集『死後の世界』（一九七九）、評論集『死と死のあいだ』（一九七九）が出版された年だ。「失われたもののみが美しく／失われたもののみがあなたのものであったと／ひそかにあなたに告げるのは誰か」（「あなたの美しさにふさわしく」）「落ちて来たら／今度は／もっと高く／もっともっと高く／何度でも／打ち上げよう／／美しい／願いごとのように」（「紙風船」）。大学で教壇に立っていた黒田三郎は、授業の締めくくりに、いつも自分の詩を朗読した。

私が青山の「ポニー」という喫茶店でお会いする数年前に病気をして、昼間撮影された写真には気の抜けたような優しい面影が残っているが、元気だったころの夜の酒場では、かつての『失われた墓碑銘』（一九五五）や『時代の囚人』（一九六五）の詩人は、酒がはいると鬼のようになったという。夫人の黒田光子の白いカローラは、「救急車」と命名されたほどだ。もっとも新宿「風紋」では、黒田三郎は、カウンターで静かに飲む人だった。一方、中桐雅夫は、酒にまかせて、「風紋」で、大声を出していたという。黒田光子は、黒田三郎が亡くなると、『人間・黒田三郎』（一九八一）を書き、中桐雅夫夫人の中桐文子も、『美酒すこし』を出版した。鮎川信夫は、中桐雅夫が亡くなるとふたつの追悼文だけでなく、夫人の本に、「中桐雅夫は、私の最も古い友人だった。一九三七年、文通で知り合ったとき、彼は神戸にいて一八歳、私は早稲田第一学院文化の一年生で一七歳だった」ではじまる解説も書いている。

戦前から『荒地』の仲間だった黒田三郎には、鮎川と異なった戦争期の体験があり、専門詩人と職場や地域のサークル詩人の緊密な連携をめざしたプロレタリア系ともいえる『列島』（一九五二―一九五五、全十二冊）にも詩を書いていた。

そうしたこともあって、晩年の「詩人会議」とのかかわりや壺井繁治の後任で運営委員長となった黒田三郎について鮎川と吉本は違和と批判を語った。加島祥造によると、信州で学者生活を長らくしていたころ、中央の詩ジャーナリズムで評価される鮎川信夫の詩や評論活動に羨望のまなざしを禁じえなかったという。それは黒田も同じだったかもしれない。加島によれば鮎川信夫と黒田三郎が会うといつも言い争いがあった、という。

もっともそのことは、黒田三郎に手向けたふたつの追悼詩のひとつ「同じ雨の音を聞きながら／別々の思いにふける子供のように／きみとぼくは同じ一枚の画面の中にいる」（「病床の友へ」）という友情に溢れた詩からは、うかがうことができない。

黒田三郎の書いた詩集『小さなユリと』（一九六〇）と鮎川信夫の書いた「小さいマリの歌」には、とても似た詩の風景がある。黒田三郎の詩のテクストのどこをみても、イデオロギーを強制するなにものもみいだせない。黒田三郎の政治に関わる関わり方と書かれた詩のテクストを別に考えるならば、『荒地』の詩的共同体は、単に交友が紡がれているということ以上に、詩的な関係を保っている点で、なお健在であるかのようである。

鮎川信夫の晩年の黒田三郎を追悼する詩を読んでみよう。

きみからの最後の便りを受けとったのは

一年ちょっと前、

「みんな、しぶといなあ、そう思っています」とあって、

「病気がこんなにこたえるとは、思ってもいませんでした。春からノイローゼ状態で我ながら呆れかえっています。

早く頑迷固陋にかえりたい。あと三カ月で六十才」と書いてあった。

［略］

きみが再入院して
再起はおぼつかないという報らせを受けてから、
ぼくはきみとたった一ぺん打った碁のことをときどき思い出していた。
（きみが美しい奥さんと結婚して、みんなに羨まれながら、西荻窪のアパートに住んでいたときのことだ）

（『詩集　難路行』「黒田三郎」）

黒田三郎に対する鮎川信夫や吉本隆明の批判は、戦後詩人として出発した『荒地』の詩人が、ひとりの詩人たる個から、共同性にからめとられ、党派へと加担しているのではないかという批判である。

それに対して、鮎川信夫の石原吉郎への評価は、特別なものがある。石原吉郎は、関東軍情報部に配属されて終戦を迎えたが、重労働二十五年の最高刑の服役者として、シベリア奥深くに抑留された。八年に及ぶ抑留生活の末、一九五三（昭和二十八）年に、スターリン特赦により帰国する。四十歳からの詩の出発だった。石原には、『望郷と海』（一九七二）、『断念の海から』（一九七六）、『一期一会の海』（一九七八）など、戦争体験のなかでも特異な抑留体験を記したエッセイがある。鮎川とは、二度対談をしている。戦後三十年の節目である一九七五年には、対談「断念の思想と往還の思想」が行なわれた。それは、戦後三十年における戦争体験の風化や継承について、シベリア体験とスマトラからの傷痍軍人の「断念」と「片道しかない道」から「往還」の思想を語りあうものである。

鮎川の石原への思いは、選詩にもうかがうことができる。鮎川信夫は、吉本隆明との対談『文学の戦後』（一九七九）で、ともに戦後詩のなかから十篇を推薦している。戦後詩を通観する立場には両者ともに共通した認識がある。

鮎川信夫の選に特徴的なのは、吉岡実の「僧侶」と石原吉郎の「足利の里をよぎり　いちまいの傘が空をわたった　渡るべくもなく空の紺青を渡り　会釈のような影をまるく地へおとした　ひとびとはかたみに足をとどめ　大路の土がそのひとところだけ　まるく濡れて行くさまを　ひっそりとながめてつづけた」という「足利」の詩を推薦していることである。そこには、「宗教的なもの」への感性と日本的美や抒情に開かれた鮎川の窓がのぞいている。一方、吉本隆明が推薦する田村隆一の「十月の詩」と黒田三郎の「賭け」は、鮎川信夫の選にはない。

黒田三郎から直接に聞いたことであるが、当時、年上であった鮎川信夫は吉本隆明の書いたものを詳細に読んだというが、黒田は詩以外の吉本の本は読んでいないという。

さらには、鮎川信夫と異なり石原吉郎の詩と詩壇での動きについても、黒田三郎は、批判的であった。当時、黒田三郎と石原吉郎は、若い詩人たちからみると、人気を二分する存在であった。

民間人として渡った南方のジャワの戦線から帰還した黒田三郎をはさむようにして、ふたりの戦争期の見取図がここには描かれる。北のシベリアで抑留された石原吉郎と、南方のスマトラから病院船で帰還した鮎川信夫とジャワの黒田三郎とが描く、三角の構図だ。

それでは、今度は、晩年の鮎川の書いた石原吉郎への追悼詩を読んでみよう。

きみにとって詩は
残された唯一の道だった
いつかみずからも
美しい風景になりたいという
ひたすらなねがいで
許されるかぎりどこまでも
追いもとめなければならない
断念の最後の対象だった
そしてきみが
詩を終ったと感じたのは
やわらかい手のひらで
光りのつぶをひろうように
北條や足利の美しい光景をすくってみせたときだろう

鮎川の石原への評価は、ソルジェニーツィンへの関心と直結している。

一九一七年の革命に端を発し一九二四年に生まれたソビエト連邦は、いまはない。一九八九年、戦後ヨーロッパのひとつの象徴だったベルリンの壁が崩壊すると、ソビエト連邦は、解体した。新生ロシアは、『収容所群島』によりソ連の全体主義を告発したソルジェニーツィンに国家賞を贈る国に変貌していた。

鮎川信夫は、ソルジェニーツィン問題について、多くのひとびとが、実際に『収容所群島一九一八―一九五六文学的考察』（一九七四―一九七七邦訳）を読むことがないまま、事象の事柄だけで済ましていると、ジャーナリズムやマスコミに批判を述べている。

と同時に、ファシズムの問題と同じように、スターリニズムという全体主義への警鐘を語ってやまないのだ。アメリカは、「個」によって成り立つ国である。そこに、アメリカの民主主義の基本があるといってもよい。戦争体験による全体主義を批判する鮎川信夫にとって、真の「アメリカ」は、「個」としての「ソルジェニーツィン的なもの」を受容してきた。

「アメリカ」

ここで再び戦後初期に書いた「アメリカ」の詩が顔を出す。

「アメリカ……」
もっと荘重に　もっと全人類の為に
すべての人々の面前で語りたかった
反コロンブスはアメリカを発見せず
非ジェファーソンは独立宣言に署名しない
われわれのアメリカはまだ発見されていないと

（『鮎川信夫全詩集』Ⅰ 1946-1951「アメリカ」）

二〇〇一年の九・一一以後、アメリカは、イスラム圏という大きな民族と地域との戦いのなかにある。それを予見したのが、『文明の衝突』（サミュエル・ハンチントン、一九九六、一九九八邦訳）である。

すでに、エドワード・サイードは、『オリエンタリズム』(一九七八、一九八六邦訳)にて、オリエンタリズムを再検討し、ポストコロニアル理論を提出していた。サイードによれば、「オリエンタリズム」とは、「西洋の東洋に対する思考の様式」であり、「西洋の東洋に対する支配の様式」を示す語である。そこに植民地主義を超える今日的視点を指し示そうとした。

新世紀にはいってすぐ、アフガニスタン、イラクへの大規模な軍隊の派遣は、アメリカ経済の消耗をもたらした。当時、百年に一度の大恐慌といわれた、リーマン・ショック(二〇〇八)を経験するアメリカ経済のなかで、九・一一の首謀者であるウサマヴィン・ラディンは、アメリカ特殊部隊の急襲を受けて亡くなり、その最期を描いた映画が制作された。むろん、このようなアメリカを鮎川は目にしたわけではない。

鮎川信夫の「アメリカ」は、鮎川の詩のなかで、唯一の散文批評「『アメリカ』覚書」が附されている。この覚書には鮎川信夫の思想と精神過程が、「詩人は思想を存在化し、可視的なものとし、意識的に把握しうるものとする」という文章にうかがえる。

戦争の傷痕である病院船も、生活上の幻想の領域である父も母も、個人を抑圧するソルジェニーツィンの描くソビエト連邦や逆に自由主義のアメリカも、鮎川信夫にとっては日本の戦後の社会構造において考察の対象として存在する、絶対的なカウンターカルチャー(対峙し、のりこえる存在としての対象）であるという認識がある。

その鮎川は、戦前と戦後の時代と社会に、両足をかけて踏ん張りながら詩作によって架橋しようとしていた。そこに、戦中から戦後である一九四〇年から一九五〇年の詩と批評があった。

七〇年代にはいると、社会主義国ソビエト連邦のソルジェニーツィン問題と、後期資本主義とも超資本主義ともいえるアメリカの「新自由主義（市場経済主義）」と「新保守主義（統制主義）」の経済政策の問題をめぐり、両大国に非常な関心を寄せる。「新保守主義の影響が、アメリカの政治、経済、文化のあらゆる面に浸透しつつあり、左翼的な〝ネーション〟の批判くらいでは、びくともしない勢力になっていることは認めなければならない」（『思想の進化と幻想』「読者へ――認識のための解註」）と、鮎川は、新保守主義について語る。

彼が語ったなかには、ジョージ・ギルダー、アレクサンダー・ヘイグ、ソール・ベロー、フィリップ・ラーキン、アーサー・ラッファー、ミルトン・フリードマン、ピーター・ドラッカーなどの政策通や政府要人、作家、詩人、経済学者、社会学者、経営学者などの名前がみえる。さらには、これらの人材が信奉しているカール・マルクス、アリストテレス、レオン・トロツキー、マックス・ウェーバー、アレクシス・ド・トックヴィル、ジョゼフ・シュンペーターなどを思い描けば、今日の混迷する経済社会に陰に陽に取り上げられる思想家たちの実際的で実務的な側面がみえてくる。

これらの思想は、守るべきものをもつ保守主義の視点から語られていた。彼らを語る鮎川信夫の具体的な発言からみえてくるものは、自由主義者として人類の未来を信じ、かつての日本の全体主義はもちろん、共産主義の全体性の迷路から脱出させる現実主義者の姿である。シベリア抑留者である石原吉郎と、その晩年の『北條』（一九七五）や『足利』（一九七七）などの詩についても、そうした感性の直観に基づき、イデオロギーからは批判されるべきかもしれない「日本的美」について多くを論ずるようになる。

戦後一貫した鮎川の立場は、ファシズムとコミュニズムに対する戦いであった。

そこには、全体主義にむきあうリベラリズムがある。かつてのナチズムや日本の軍国主義の時代の自由主義がそうであったように、自らの足元も崩れかねない状況で、両陣営から挟撃される運命をもつリベラリズムを堅持することは、けっして容易なことではなかった。

鮎川信夫は、知識社会が変容してポスト・モダニズムの時代へ流れ込むなかで、個人を抑圧する全体主義に対峙し、自らのリベラリズムを堅持しようとした。「世界は誰のものか」と題して詩を書く鮎川にとって、自由主義は、明らかな守るべき戦後的メルクマールであった。

黒田三郎にとって、理想としての共産主義があったのだろう。石原吉郎は、その理想国であるはずの共産主義国ソ連に罪人として抑留された。希望としての「アメリカ」に自由主義を考える現実主義的な鮎川のリベラリズムには、黒田三郎の理想や石原吉郎の断念とは異なる自由精神があるといえるだろう。

自由とは、危ういものである。自由主義が危うくなれば、右と左のバランスは崩壊し、右と左が互いに攻撃の矛先を自由主義にむけるだろう。その時、全体という強度からは、曖昧なものとしかみえてこない自由主義の立場のぜい弱性に対して、極端への夢魔の追求を呼びよせる。ナチズムや戦時期の日本やソビエトロシアは、そうした政治的暗闇の世界にあった。鮎川信夫の生きた時代は、「近代」と「反近代」と「超近代」が重層する、日本に特有な近代社会であった。

ポスト・モダンの時代

そして鮎川信夫にとっては、一九七〇年代から八〇年代のニューアカデミズムの到来は、当時のコラム「浅田彰の『逃走の倫理』にみるように、「ポスト・モダンなんて、あまりにもモダンな幻想である。電子ゲームでやる宇宙戦争のように実体のないものである。それが分からないのは、受験戦争以外に、本当の戦争を知らない幸福な世代に属しているからである」と、戦後世代との断層を示すものであった。

時代は、ロナルド・レーガンと中曽根康弘の名前に象徴される、一九八〇年代のバブル経済期である。経済社会の変節があり、若者の感性は変容し、女性の社会進出が著しくなっていた。その間、二度のオイルショック（一九七三、一九七九）からベトナム戦争の終結（一九七五）、プラザ合意とその後のバブル経済（一九八五以降）への突入と、世相と経済はめまぐるしく展開し、盲目的ともいえるスピードで変転した。

そして、バブル崩壊がおこる。誰もが暗澹としたため息と愚痴を吐いた不況の時代（一九九一以降）へと移行していくのだ。九〇年代にはいると、「氷河期の就職」という言葉が新聞紙上をにぎわした。景気の回復もつかの間のことであった。消費税が引き上げられると、失われた十年は、失われた二十年となり、景気はさらに停滞した。給料は変わらないが、人減らしによって仕事の量は二倍になった。専業主婦が、外に仕事をもつようになった。さらには、団塊の世代の次世代の若者にとっては「父・母・子」のエディプス三角形は無化し、父性喪失とともに結婚しなくなり、若者の離職が相次いだ。仕事とライフスタイルの関係が変化したのだ。時代という河の流れが、鮎川信夫を取り囲む認識とスタンスをはるかに超えてしまうほど、速くなってしまったのである。

鮎川は、『評論集　すこぶる愉快な絶望』（一九八七）における若き島田雅彦への書簡や、『疑似現実の神話はがし』（一九八五）におけるボードリヤールの著作や表層の現実を論じる文章のとおり、違和感を語ってやまなかった。「現実ははたしてそれだけで解き明かせるか。シャドウ・エグジスタンスの方ばかりが問題にされて、サブスタンスの方は置き去りにされていないだろうか。シミュラークルやシミュレーションの方が本体になったわけではないのである」と、「シャドウ・エグジスタンス」に重きを置く同時代の風潮を嘆いた。そこにはポスト・モダニズムの相対主義の時代が、戦後的な問題を大きく変質させたのだという現実認識と直観があった。

当時、鮎川信夫は、「放っておけば内向的にしかならない少年の私を、無理にでも時代や社会にむかって眼をひらかせたのは、私の父であった」と書いた。強く父親の影を引きずったまま、『週刊文春』をはじめとする『時代を読む』『最後のコラム』『私の同時代』にまとめられた時評家《コラムニスト》としての活動に精力をつぎ込んでいったのだ。

コラムニスト鮎川信夫

すでに鮎川は一九六六年、『週刊読売』の時評担当者として、「一人のオフィス」というコラムを連載していた。のちの『一人のオフィス　単独者の思想』(一九六八)である。こうした経験のうえに、月に二十種もの英字新聞や雑誌を読み、世界の動勢に敏感に思考を走らせる。これは、鮎川自身の戦前から変わらない世界認識の方法であるという。この認識のスタンスこそ、物事のバランスを見定める方法だった。そこには、戦前から戦後を通して変らぬアメリカからの情報があった。日本国内からの発信だけではないニュースソースも織り込みながら、辛辣な論評と独特のユーモアのあるコラムを書き、時代と格闘する〝疑似現実の神話はがし〟や〝すこぶる愉快な絶望〟を語る。

しかし見逃してはならないことがある。詩に関していえば、この先十年はもう詩は書かないという「断詩宣言」にいたっていたのだ。だが詩への思いを捨てたのではなかった。

六〇年安保のとき、鮎川信夫は、政治にむかう詩人・吉本隆明の家の近くにまで赴いたという。ひとこと、詩について語りたかった。当時の詩人としては非政治的な立場を選び、詩作のスランプの時期でもあったが、詩人吉本隆明への友情に近い思いがあったからである。

鮎川は八〇年代の半ばになると、少しずつではあるが詩作が少なくなり、二、三年の間、詩を書かない空白の期間があった。晩年の詩作をまとめたふたつの『詩集　宿恋行』と『詩集　難路行』には、おのずとそのことを語るものがあるようにみえてくる。スランプに陥っていたというのが、本人の認識だった。

一方、吉本隆明は、当時、『野生時代』に詩を発表している。一九七五年十月号の「詩と鳥」から一九八四年三月号の「『さよなら』の椅子」にいたる詩である。『長編詩　記号の森の伝説歌』（一九八六）の原型となる詩群である。

最後の詩集

鮎川信夫の最後の詩集は、七〇年代の半ばに差しかかろうとする時期から後半、一九七三年から一九七八年に書かれた詩をまとめた『詩集　宿恋行』（一九七八年十一月）と、七〇年代末から八〇年代前半、一九七八年から一九八二年に書かれた詩を死後にまとめた『詩集　難路行』（一九八七年九月）の二冊である。

最後の詩集について、鮎川信夫は、次のように語った。

> 石原、木原、黒田と三年連続して「荒地」から死者が出たことと、長期にわたるスランプ状態が極点に達していたこととが相俟って、私はこの年の八月には本気で詩をやめようと考え、その想念に熱中するようになる。〔略〕私は、石原と黒田の中間の年齢、つまり六十一歳で、詩を書くことをやめようと決心し、〔略〕私は最後の詩集『難路行』をどう締めくくるかを真剣に考えはじめていたのである。
>
> （『自我と思想』あとがき「位置と姿勢」）

木原とは『荒地』の詩人木原孝一である。彼とは、私は直接的な面識はなかった。しかし、黒田三郎が、『荒地』に参加する前の、北園克衛の発刊した雑誌「VOU」で一緒に活動していたため、よく黒田の話のなかに出てきた。『人間の詩学』（一九七四）、『民族の詩学』（一九七五）、『現代の詩学』（一九七六）のほか『現代詩入門』（一九七七）がある。「詩学」や「手帖」の編集にも携わるこの詩人は、『資料・現代の詩2001』『資料・現代の詩2010』（「日本現代詩人会」編）の扉に、「木原孝一十三回忌に集った詩人たち」（一九九一年九月七日）という写真が掲載されているように、みんなから慕われた詩人だった。『荒地』詩集で顕著な特性のひとつ「詩劇」「放送劇」に秀でている。木原孝一の若き姿についても、平林敏彦の証言が多くある。

さて、鮎川信夫の晩年の詩集についてである。その詩集に集められた詩群には、鮎川信夫自身の晩年の肖像をいくつもみることができる。

詩行から、戦後詩をつむぐ星である鮎川の苦悶に似た詩魂が、みえてこないだろうか。

ぼくは行かない

何処にも

地上には
ぼくを破滅させるものがなくなった

行くところもなければ帰るところもない
戦争もなければ故郷もない
いのちを機械に売りとばして
男の世界は終った

うつむく影
舞台裏で物思いに沈むあわれな役者

きみがいたすべての場所から
きみがいなくなったって

この世のすべてに変わりはない

あってなきがごとく
なくてあるごとく
欄外の人生を生きてきたのだ

地べたを這いずる共生共苦の道も
やがては喪心の天に至る

忘られた種子のように
かれは実体のない都市の雲の中に住む

コカコーラの汗をうかべ
スモッグの咳をし
水銀のナミダをたらして

四十七階の痛む背骨がゆれている

（『詩集　宿恋行』「地平線が消えた」）

この『詩集　宿恋行』以後の鮎川信夫は、自らスランプと語りつつ時評に邁進し、断詩的態度を貫く生活のなかにあった。

「戦後」が遠くなるなか、断詩的態度もひとつのあり方かもしれない。だが、問題は、現代とかかわるところである。ポスト・モダニズムが流行した時代は、バブル経済期に重なる。戦後から遠く離れて、そこによみがえるものを持続しようとする鮎川がいた。また一方で、変化する時代から生まれるものをみようとする鮎川の直観的態度があった。

戦後五十年目をむかえた一九九五年には、期せずして阪神淡路大震災（一月）とオウム真理教による地下鉄サリン事件（三月）がおこり、それらの騒然とした社会的事件を経て、ポスト・モダニズムも終焉したという論調すら出てくる。さらに戦後は遠くなる。

バブル経済が崩壊して十年もたつと、構造主義とポスト構造主義の主要な担い手の主著の翻訳が完了する。諸学問領域では、その遺産を基盤にした研究や学問の再編や新しい論が展開され、学会やジャーナリズムでは、継続的な業績の発表と出版がなされていた。

にもかかわらず、「シャドウ・エグジスタンスは論じられても、実際の現実にはまるで対応できないという点が、あまりにもはっきりしている」と鮎川は書く。身体をもたない翻訳文化のキーワードだけでは、現代の時代をとらえるアクチュアリティをもちえないという思いは、現在からみても正鵠を得ていたといえるだろう。

コラム「ロス疑惑とマスコミ」の三浦和義事件への疑義や、「戸塚スクールと民主主義」のヨットスクール事件の戸塚宏への共感とマスコミへの疑義は、「私は、現実の事件にしか関心がない」という鮎川信夫の現実認識の直観によるものである。部分をいくら集めて綜合しても、その統合からみえてくる綜合による論証的思考からは誤謬が生ずることがあるとされる。逆に、いっさいをその根拠から一挙にとらえる直観的認識には、事柄を全体的に把握する思考が働いている。そこに、詩的霊感が働いているのだが、それはまことに、小林秀雄の「美しい花がある。花の美しさというものはない」という「観」による言説や『考えるヒント』にまとめられる思考の直観と等価だった。それが鮎川の方法だった。

若き日に病気をして、参禅もするようになった西田幾多郎は、雪門和尚老師より、寸心という居士号を贈られた。哲学的営為においても、「純粋経験」から「行為的直観」や「歴史的身体」へ、「場所論」や「述語的論理」へと、西洋的智から東洋的智への架橋を果たそうとする。

純粋経験の立場は「自覚における直観と反省」に至って、フィヒテの事行《じこう》の立場を介して絶対意志の立場に進み、更に「働くものから見るものへ」の後半において、ギリシャ哲学を介し、一転して「場所」の考に至った。〔略〕この書において直接経験の世界と純粋経験の世界とか云ったものは、今は歴史的実在の世界と考える様になった。行為的直観の世界、ポイエシスの世界こそ真に純粋経験の世界であるのである。

（西田幾多郎『善の研究』「版を新にするに当たって」）

この西田のいう「行為的直観」こそ、鮎川の方法と響きあってはいないだろうか。

『神曲』

戦前の鮎川信夫の「形相」や「神《こころ》」の詩には、行為的直観の座である身体性にいまだ届かない、観念としてのアリストテレスの哲学やダンテの『神曲』の痕跡がみえるかもしれない。『神曲』という作品には、ホメロスからウェルギリウスなどの叙事詩の系譜と、南仏からシチリア、ナポリを経たトゥルバドゥールの詩形と抒情が併存している。ダンテは、これに詩人を取り巻く政治的悲劇と、ルネサンス文学の幕開けとなる詩的世界（地方語の使用）を照射した。

戦前のモダニズム詩や抒情詩の影響を受けた鮎川信夫が晩年、ダンテという歴史的身体に固執したのは、何故なのだろうか。

ひとつの解としては、地獄の戦争体験と煉獄の戦後を生きた非連続の連続を詩的生活として生きた自由主義者としての自らに、非連続の連続の厳しい時間層を生きた『神曲』の世界を詩的生活として重ねあわせたといえるかもしれない。

ここで、戦前のモダニズム詩の頃から活躍している北川冬彦についても少し触れておきたい。日本における「シュルレアリスム」の紹介期に、アンドレ・ブルトンの『超現実主義宣言書』を翻訳している北川は、戦後には、ダンテの『神曲　地獄篇』を訳した（一九五三）。さらには、『詩と風景』（一九七五）の編集と文の担当に当たっている。

書画や漢詩にも造詣がある三好豊一郎は、ダンテに固執する鮎川信夫の晩年について、「カソリックへの接近」と書いた。日本では、「地獄篇」だけが語られることが多い『神曲』は、全体としてみれば当然のことであるが、キリスト教文学のひとつである。ちなみに黒田三郎も中桐雅夫も、晩年はキリスト教系の大学で、講義をもっていた。パスカルを大学で専攻した北村太郎の作品にも、キリスト教的感性は覗いている。『荒地』の詩人たちに共通するひとつの感性である。

鮎川信夫の作品にも、当然のことながら、ヨーロッパ文化の地層である、モダニズムのカウンターであり回帰とも円環する、そうした深層としてのキリスト教的感性を確認できる。それは、新プラトニズムとともに詩の言語として引用する感性のつながりを、「引用素」としてもつものである。鮎川の晩年の詩のなかには、宗教的、キリスト教的感性の詩も存在する。そんな鮎川の多様な詩のひとつとして、次の詩を読んでみよう。

一日の業を終えて
眠るためには
誰でも赦さなければならない
　あなたは
あなたを殺すものでも

赦すことができる
赦すというのは
誰にでも許された特権で
赦さなければ
あなたも赦されはしないだろう
それがこの世の習慣である
だが　おのれの裁き手は
おのれではないから
あなたを赦すことはあなたにはできない
それが掟である
生きているというだけで
ましてながく生きているというのなら
おのれを赦せぬ理由は
ほとんど無尽蔵である
　幸いにも

あなたを殺しにくるものがあれば
喜んでむかえなさい
わずかに赦すおのれを許すことで
負担を軽くする余地が
残されているのだから

（『詩集　宿恋行』「いまが苦しいなら」）

伝統と宗教性

鮎川信夫の詩的言語には、このようなモダニズム的なキリスト教的感性の語句はあるが、仏教や神道のエートスはみることができない。自由を信念とするモダニストとして出発した鮎川信夫の詩人としての立場は、時代を犠牲にした巨大な光と影である全体主義に収斂された「伝統」には安易に回帰しなかった、という一語に尽きるようである。

ここに、戦後のアポリアがある。鮎川信夫にとっては、「伝統」とは全体主義的なファシズムに同一的に収斂された歴史と共同性であった。「父なるもの」からみえてくるのは、アレルギーに近いほどに反撥された「宗教的なるもの」も含まれている。「伝統」も「宗教的なるもの」も、「父なるもの」を介して存在する過去から蓄積された歴史であった。

鮎川信夫と吉本隆明の対談『文学の戦後』の巻末に、戦後文学として好きな作品があげられている。吉本隆明があげたのは、埴谷雄高の『死霊』、野間宏の『暗い絵』、太宰治の『斜陽』、そして島尾敏雄の『出発は遂に訪れず』である。

しかし、鮎川信夫は、谷崎潤一郎の『瘋癲老人日記』、吉行淳之介の『暗室』、島尾敏雄の『死の棘』につづいて、高橋和己の『邪宗門』をあげている。鮎川信夫の詩の形相にみられるリビドー的なものが、晩年にまで読んでいた永井荷風や吉行淳之介、谷崎潤一郎の作品に大きく影を落としていることは、いうまでもない。このなかでは、唯一、高橋和己の『邪宗門』は戦前の新興宗教と、「宗教的なるもの」と同一となる日本の全体主義の対峙を描いたものである。そこに、時代の全体主義の活動の流れをみているし、父親の像も反証しているのだ。思い出すのは、先に触れた鮎川信夫が推薦する戦後詩に、吉岡実の「僧侶」と石原吉郎の「足利」が入っていることである。これらの作品にもまた、日本人としての「伝統」や「宗教」への同化と違和、受容と反撥といったアポリアがうかがえる。

戦後の鮎川信夫の姿は、海の深淵へと沈んでいく船から助かったものの、さらに生きつづけなければならなかったイシュマエル（メルヴィル『白鯨』）のようだ。

流動する現実世界を材料にして直観によって詩を生み出し、詩の「引用素」を自己の内部から言語として引用する心性は、広い海を航行しつつも、都市の抒情をうたうモダニズムの世界という停泊地につながっていた。

試みに、戦後書かれた鮎川の詩的風景から、詩の「引用素」である「病院船」「父」「母」「姉」という言葉をまず括弧にいれてみる。

次に、「戦後詩」なるものから「戦後」を取り、「純粋詩」なるものから「純粋」を取り、「近代詩」なるものから「近代」を取り、「ポスト・モダン詩」なるものから「ポスト・モダン」の言葉を取ってみる。

残されたものに、はたして鮎川信夫の真顔がみえるだろうか。みえるとすれば、それはどのような詩の顔貌なのだろうか。

それは、『水駅』以後の荒川洋治をはじめとする若い世代の作品を論じて「修辞的現在」と吉本隆明が書いた現代詩とは、あきらかに異なる相であるだろう。特定の個人によって特定の場に使用された言葉の「パロール」と一定の音連鎖による聴覚的感覚映像である「シニフィアン」の優越する詩として解釈される「現代詩」がある。はたしてその詩の形象する姿は、シュルレアリスムの手法を超えているだろうか。いまひとつわからないが、なんとなく読んでいるとわかるような詩。そうした若い書き手の表現の在り方に反して、鮎川信夫の詩は、言葉が世界と身体に寄りそいつつ、二十一世紀の現代を照射する詩の現象それ自身である。

そうした鮎川のテキスト自身が現在性を語り、統合された詩の現在を引き受けているとするならば、現代詩としての鮎川信夫の詩は、どのようなポエジーとして考えることができるだろうか。

地平線の喪失

父親を失うことで、鮎川信夫はひとつの絶対的なカウンターカルチャー（対抗軸）を喪失していた。それは、一九五三（昭和二十八）年のことである。鮎川が戦後固執していた詩的青春である一九四〇年代から一九五〇年の締めくくりにあたる時期だった。

戦争体験が遠のくほど、あの絶対的だった病院船の航行から眺められ切り取られた風景も喪失していた。鮎川信夫の深層には、心身を統合するアイオーン（永遠の生命）を形成する、生の心的リビドーが潜在していた。都会に生きる鮎川に、都会の散策者であった永井荷風や都会派として自動車で移動する吉行淳之介の作品を深く読んでいた痕跡があることはすでにふれた。

吉本隆明や北村太郎ばかりではなかった。葬儀の時に身近な誰もが驚いたというエピソードがある。英語論や英文で執筆した映画評で知られる最所フミが喪主として現われたのだ。その同棲のような秘密の結婚も、発見された生活事実として考えてみると、たとえ鮎川自身にとっての心の奥にしまわれた秘密の親和力であったにせよ、非結婚という絶対的な言葉も、いまとなっては対抗軸たる重みを喪失していた。鮎川信夫にとって、戦後社会を貫く自らの対抗軸だったものは、あいまいな社会の波となっていた。

にもかかわらず、戦後詩的意味が払拭される時代の状況が到来するなかで、逆に鮎川信夫の精神の風景は、より鮮明に浮かび上がってはこないだろうか。「病院船はとても重かったり、軽かったりして、／人間の遠い未知の故郷へ／彼方へと走っていた。」(「病院船室」)の詩篇から派生した、例えば、「死のうと思うまえに／もう二度とめぐりあうこともない／淋しいブイよ」(「遥かなるブイ」)や、「しずかな朝であった／あらゆる鎖がひとりでにきれ／あらゆる船が港から出てゆきそうな／美しい朝であった」(「出港」)、「生きるためより／死ぬために／ぼくらは水平線をこえなければならない」(「消えゆく水平線」)、「涯しない眺めに／まっすぐに水平線をのばしながら／海は太陽や雲をうかべていた」(「水平線について」)、「さざなみは海を渡っても／ぼくの思想はぼくに戻る／一人の勇士を死なせてから……」(「さざなみは海を渡っても」)、「おーい、と呼んでも答えはない／あとずさりする水平線にむかつて／くりかえしくりかえし問うてみる――／生きねばならぬ生活は／何処にありや、と。」（「もう風を孕むこともない」）。これらの詩篇から浮かびあがる、詩的風景と抒情は、現代のリアリティを増幅させた、鮎川の精神の風景を再現させているといえるのではないだろうか。

鮎川信夫が戦後詩として体験した「水平線」は、知覚事物に対する内的契機を現出させる「内部地平」であった。田村隆一が、一度は、オーデンなどからの影響もあって、水平軸から垂直軸に詩の形相を移したのだが、晩年になると回帰していった、その「水平」の視点と円環する詩的地平である。

しかし、鮎川信夫が、「地平線は消えた」という詩を書くと、「内部地平」としての詩的な内的契機も宙吊りにされたままとなった。

第六章　抒情

戦後の日本社会を規定した戦後そのものの意味が徐々に変容してくるなかで、戦後詩人鮎川信夫の詩神が奏でたものは、抒情詩であった。

戦後の鮎川信夫の詩作には、瀬尾育生が論証した戦争詩とは異なる、「病院船」の詩や『鮎川信夫戦中手記』のような文章による、戦争をくぐりぬけてきた詩的風景があった。

その傍には芹沢俊介が『鮎川信夫』（一九七五）のなかで綿密に論証した「父とのすさまじい確執」や、瀬尾育生、北川透がともに論じた「亡姉詩篇」の父と母と妹とともにある長男としての家庭内心理の交差からくる詩の風景とも、それらのどちらのくくりにも属さない、多様性として表出された詩群が横たわっている。

その詩群のはじまりを、鮎川信夫の若き日の戦前と戦中の詩作に求めてみるとしよう。さらに、モダニズムの光と影とその周辺の抒情的な詩作と、戦争体験と市民社会の進展する都市の風景のなかで劇化した戦後の詩作とをつなげてみる。そこから、都市と季節をめぐる抒情というべき、社会の断面と自己が交錯するバロック的なゆがんだ真珠の詩的世界があることに、あらためて気づかされるのだ。

ポスト構造主義の時代の風潮を背景に、アクチュアルに、自らの戦争体験や父への反撥を深層に沈め、生成された戦後という名の詩群をかっこでくくり、残余の詩群の言葉の層に目をむけてみよう。そこに浮かんでくるのは、鮎川信夫が自然体としてうたいつづける現代の真性の悲歌（エレジー／レクイエム）であり、精神の抒情による都市の風景であった。

そこでは、「病院船室」からみえていた地平線は、消えた。そこにあるのは、父親と乖離し、反発する影を抱く魂が、あてどもなく光と影の街をさまよっている姿である。

「はじめから一人にしておけばよかったのかもしれない／悲しい父性よ／おまえは誰にも似ていない」（「Who I am」）と、自らを父性失格者としてうたった父性そのものを、ゆがんだ真珠の如く形象した詩である。描かれた都市の像は、比喩であると同時に、詩人がみているリアルな都市の像となり、生活基盤から形象された詩学としての「裏町にて」の風景となる。

それは、鮎川の身体に埋め込まれた、すでに戦前に獲得されていた都会のモダニズムと、無意識下からの抒情の言語態からの引用による反復とが重なる詩的世界だ。

都市のイメージ

都市を航行しつつ、全身体性から生まれたリアリティある文章が、自然体の文章《エクリチュール》として奏でられる。そこにあるのが、鮎川信夫の深層から引用された都市をめぐる詩的風景のイメージといえる。

鮎川信夫が書いた「風景」には、「ある男の風景」と題された、次のような戦後の作品もある。

きみの運河は
舗道のカーブにそってながれる
きみの孤独をうつす鏡は
天の一角にせばめられた都会の空である

「孤独」が「都会の空」に映るという、この詩の流れを、さらに追ってみよう。

きみにとっては過去はからっぽの空罐だし
未来は蒸されぬ腸詰にすぎない
きみの血を現場へ駆り立てるものは
消えやすいアリバイ探しの興味である

はっきりとした愛情もあれば
はっきりとした冷酷さもある
きみは心よりもデリケートなうわべをもち
みかけより真実を飾らぬ男だ

きみは真直な刃のナイフ
広場の群集を二つに切断しても

おのれについては何も語らぬ
銀メッキの光りをうかべた不敵な男だ

総会とか委員会とかの
奇怪な造語で喋る連中の頭を踏みつけよう
軽くてしなやかな堅牢な
キッドの短靴のようなもので

理想主義者や清貧家を蹴とばし
かれらの恥辱の隠れ家をあばいてしまおう
毎晩たくましい筋肉をもって
女たちの血のなかから愛の喜びをしぼりだそう

インクや涙や食塩で錆びたりしない
きみはよく切れるナイフ

他人の危い綱渡りを見ながら
いつも刃を上にむけている親切な男だ

文明批評はもうたくさん
絶望も希望も必要ではない
きみが求めているものは善悪でない何ものか
光と影で区分できない何ものかであろう

(『鮎川信夫全詩集』II 1952-1954「ある男の風景」)

ここには、自己の分身を描きながらも、「絶望」と「希望」、「善」と「悪」、「光」と「影」などの言葉が、ゆがんだバロック的布置となって、モダニズムの色合いの厚い世界が表現されている。戦後の進展する市民社会に生きる孤独な男の姿が、外側と内側からみつめられ、詩空間の対角線上に、ゆがんだ私性の詩語が布置されている。まことに、複雑な詩人の心性が、ひとひねりもふたひねりもして像をかたどり、アイロニカルな抒情詩の深さが描かれている。拡散したイメージは、強固な自我による現代詩の詩章群となって、深さの詩的統合を果たす。

『日本抒情詩集　現代』という一九七四年に出版されたアンソロジーがある。

その冒頭にあるのが、鮎川信夫の「おまえは小さな手で／ぼくのものでない夢を／たえず僕の心のなかに組み立てる」(「小さいマリの歌」夢)と、「微笑」「歌」から「喪心のうた」の詩である。編纂者は、『四季』派などの抒情詩の研究家である小川和佑だ。

戦後の抒情詩の筆頭に、鮎川信夫の詩を位置づけていることが注目される。かつて、萩原朔太郎が編んだ『昭和詩鈔』(一九四〇)の冒頭が、戦前の昭和期を象徴する伊東静雄の「自然は限りなく美しく永久に住民は／貧窮していた／幾度もいくども烈しくくり返し／岩礁にぶつかった後に／波がちり散りに泡沫になって退きながら／各自ぶつぶつと呟くのを／私は海岸で眺めたことがある」(「帰郷者」)によってはじまっていたことが思いおこされる。それと同様の、まことに強烈な印象を受けた記憶がある。

ここに、『四季』派や『日本浪曼派』の抒情詩と、戦前の鮎川との接線がある。それは、具体的出来事としての言論と紙の統制によって、第一次『荒地』に詩誌『山の樹』の同人が合流し、『詩集』と命名されたことになるだろうか。だがこのことを知るひとは、それほど多くはない。

『山の樹』の同人に、当時、堀辰雄の影響を受けた中村真一郎は、ネルヴァルに傾倒して翻訳を行い、抒情詩人の資質をあらわにした詩集を伊達得夫の「ユリイカ」から出すことになる。中村は、戦後、ロマネスクの文学空間への探求によって「マチネ・ポエティック」による反私小説と文学の世界同時性を求めてゆく。

さらには、慶應大学の文学仲間から出発した堀田善衛と鮎川たちの『荒地』との出会いもある。『山の樹』の同人であった堀田は、戦争の重圧のなかで生きた『荒地』や牧野虚太郎などの同時代の詩人を描く『若き日の詩人たちの肖像』(一九六八)を著わした。この『山の樹』の編集顧問をしていたのが、伊東静雄である。

鮎川信夫は戦前から『文芸汎論』や『山の樹』を通じて、大阪住吉中学で教鞭をとる伊東静雄の存在を知っていたのだろうか。

戦後、立原道造や三島由紀夫のような伊東の信奉者とは鮎川は異なる地点にあった。だが橋川文三の『日本浪曼派批判序説』のなかで、日本的美意識を発露しつつ、消極的な戦争詩として評価された伊東静雄の存在を、鮎川はどのように意識していたのだろうか。伊東静雄は、消極的な戦争に関わる詩も書いたが、萩原朔太郎や保田與重郎にみとめられた、リルケやセガンティーニに影響を受けた高踏派の抒情詩人であった。ここには詩人の戦争責任という確かに存在する、ひとつの戦後的アポリアがある。

戦争詩批判

戦後初期の時代、愛国詩や戦争詩によって国家主義的立場の表現をとった詩人への批判が、あらゆる面からなされていた。

批判の向けられた先には高村光太郎の姿もあれば、横光利一の『旅愁』もあった。戦前から戦後にかけて多くの詩人たちの表現と思想の変節がみえた時代である。批判の典型が、戦後の『荒地』での前世代のモダニストへの鮎川信夫の批判であった。さらに、吉本隆明の『高村光太郎』に収められる「高村光太郎ノート――戦争期について」から「前世代の詩人たち」を経て、「芸術的抵抗と挫折」で書かれた近代日本の詩人の運命として語られる戦争責任の部分が代表的なものだ。吉本隆明は、高村光太郎というひとりの芸術家の宿命を語ることで、自らの戦争期の精神の位相を明示しつつ、日本人の個というものの近代の運命を普遍的に論じようとした。鮎川信夫には、「戦争責任論の去就」という総括的な論考もある。

しかし、変化する戦後の街を歩行する『反響』以後の伊東静雄の生活詩的抒情詩と、若い鮎川信夫の抒情詩的戦後が、私には二重映しにみえてくるのだ。

戦後の伊東静雄の姿を、鮎川信夫はどのようにして、意識の範囲にとらえていただろうか。流動する市民社会に放下されて衰退する現代の詩と批評。詩の生成と批評は、健康な活力を取り戻すことができるだろうか。その面からしても、鮎川信夫や吉本隆明の詩的出発と、戦後の日常性の地平に立ちもどる伊東静雄の詩作との連続性を語る評論家は、多い。

晩年の鮎川信夫は、「生活とか歌にちぢこまってしまわぬ／純粋で新鮮な嘘となれ／多くの国人と語って同時に／言葉なき存在となれ」（「詩法」）や、「呪婚歌」「Who I am」「ある記念写真から」「必敗者」の詩のように、自らの老いを感ずるなかで、シニカルでピエロのような、ゆがんだように表現された非自己を形象する表現者となっていた。

それは、病や老いや死という生活と身体の必然の縛りのなかにあって、ひとはその分明晰になるというひとつの成熟であり、詩の深化（深み）への到達だろうか。評論集『すこぶる愉快な絶望』にみられるように、鮎川は、まことに自在でユーモアのセンスもみせる文章家でもあったことは、だれしも認めることだろう。

そんな一面のある鮎川の晩年の詩をみてみよう。

まず男だ
これは間違いがない

貧乏人の息子で
大学を中退し職歴はほとんどなく
軍歴は傷痍期間をいれて約二年半ほど
現在各種年鑑によれば詩人ということになっている

〔略〕

身長百七四糎体重七十粁はまああだが
中身はからっぽ
学問もなければ専門の知識もない
かなりひどい近視で乱視の
なんと魅力のない五十六歳の男だろう
背中をこごめて人中を歩く姿といったら
まるで大きなおけらである

（『鮎川信夫全詩集』Ⅳ 1973～1978「Who I am」）

その後、この詩「Who I am」は、「ずいぶんながく生きすぎた罰だ／自分でもそう思い人にもそう思われているのに／一向に死ぬ気配を見せないのはどうしたわけか／〔略〕／はじめから一人にしておけばよかったのかもしれない／悲しい父性よ／おまえは誰にも似ていない／／自分を思い出すのに／ずいぶん手間暇のかかる男になっている」と父性喪失から自己幻想の解体へと、自嘲的につづいている。

詩人は、この世に現象するそのものの世界（ノエマ）を自らの眼と身体から志向性（ノエシス）として都市の抒情を造型する一方で、進展する社会の時空間に流れるように生きる自己の内面を諧謔とともに、シニカルな造型にかたどる。それは流動する生そのものを生きる詩人の集合的な深層心理と背中合わせの像を映し出すための、錬金術的な技法であるかもしれない。

鮎川の反語的表現

この詩を発表した当時の鮎川は、『鮎川信夫全集Ⅷ』（一九八九）に網羅されている、吉本隆明との『全対談』のなかの「全否定の原理と論理」の時期にあたり、厳しい締め切りの「コラム批評」の集積体となる仕事に追われていた。

これらのテクストからみえてくるものは、鮎川の無意識の言語空間と鮎川が表象した詩空間に布置された、幅のある顕著な反語的表現である。この反語的表現こそ、詩の全体表現をみたとき、ひとひねりもふたひねりもあると感じられる鮎川信夫の詩の制作の基本である。

そこに、モダニズムを背景とする抒情詩人の新しい展開への重層的な道筋があるといえる。さらには、地球が小さくなったと新聞紙上でいわれた一九八〇年代に、鮎川がみた戦後詩上の波の水平線から展開する世界とグローバルな国際社会への水平性を表現の範囲に含んでいるものだ。鮎川の眼は、病院船や戦後の社会の進展を映す空間を水平にとらえているが、それは、身体の奥にあって時間となり、垂直性として把握されている。

鮎川信夫が詩に表現した世界は、流動する生の身体を流れる時間の河に、都市のアイオーン（時・永劫）を重ねて映すカルチュラル・スタディーズの光と影がある。ここに、よみがえる鮎川のアイオーン（抒情）がある。

詩に投ぜられた都市のポエジーが、それを反響として鳴らす言葉の鏡を証明しているのだ。鮎川の詩から浮かび上がってくるものは、抒情による風景と都市である。牟礼慶子は、それを「路上のたましい」と呼んだ。

鮎川信夫は、想像的世界と現実的世界が不可分に重なって重層する表現の世界に生きている。表現の世界を底部で支える鮎川の無意識下から発する分節言語は、詩的なるものとして直接現れ語られると同時に、鮎川の生きた家族の時間と、同時代の文学や文化の時間に暗示された時代そのものが、永遠《アイオーン》の生命の詩となって錬金術的にかたどられる。詩人は、生きている都市空間のなかで、詩人の眼に映るひとつの風景が獲得され、内的な時間を生きている。

アイオーンとは、ギリシャ語（aion）で、存在のある期間を示す概念である。

すなわち、人間の一生であり、一世代であり、宇宙の一周期も、これと同じものである。さらに語の敷衍によって、永遠（永劫）を意味する言葉ともなる。グノーシス派によれば、アイオーンは神の完全な姿に類似するものであるが、そこから流出する神性をもち、永遠性をめざす実体としての人間は、低いアイオーンと位置づけられている。人間は、生き、生かされている実態として、さまざまな文化の交差点を通過する。内密的な「異種勾配」の一世代を生きた時間が持続するアイオーンとは、現象的に語れば、流動そのものとして、生成変化する都市を走る、詩人自身の内面を流れる時間と詩人が運転する自動車からとらえられた風景であろう。詩人の内面から抽出されるアイオーンは、言語を介して詩的時間の抒情を奏でるとき、ふたつは内的に通底しているのだ。

英字新聞をみたりしながら、時代の潮流に触れて統合する実体こそ、詩人の実感である。そこに、アイオーンの時間を都市の抒情として形象して生きたカルチュラル・スタディーズの詩があった。凝縮されたアイオーンの時間が、鮎川信夫の身体に、眼と精神に、内的な都市の風景としてよみがえってくる。それは、鮎川信夫の詩の「引用素」（記憶の詩）から生成されるのだが、深層の世界から抒情として立ちあがってくる風景を支える言葉である。「引用素」（コンステラチオーン＝星座）は、鮎川信夫が生きてきた内的な人生であり、時間であり、歴史的生命の言葉を拾いあげて、直観でつなぐ。

それは、ユングがいう自分の意識のなかにある個別の「星」のようなものを、つまり「ステラ」をコンステレート（布置）することであり、「星座」として組み込むことである。鮎川信夫の直観によって、過去からの風景の言語として取り出すそのもの自体を、「引用素」といいかえてみたい。

詩人の都市の風景は、抽象的であれ、具象的であれ、マテリアル（物質性）であれ、抒情を奏でる精神や心性に支えられたものだ。言葉は、アイオーンと深く結びついている。集合的無意識とも結びついている。アイオーンの時間は、詩人のリビドーによって生き、生かされた時間であり、その結晶が、都市の抒情として形成された詩の生成なのだ。詩人の身体の深層では、生の心的リビドーと、生き生かされる時間《アイオーン》と、都市の詩的抒情の時間の生成が結びついているのである。

自動車を運転する鮎川信夫の全身体性がとらえた、流動する風景が、ひとコマひとコマの切り取られた言語（星）による、非連続の連続の詩（星座）となっていくように。

第七章　吉本隆明

「囲繞地」

戦後詩人の鮎川信夫が晩年にたどりついたものが、都市の抒情であった。同時に鮎川の直観がとらえた社会への眼は、ひとつの批評であったが、それはまさしく戦後の思想家吉本隆明との交渉史とともにあった。しかし……。

あなたは街の雑閙のなかをとほり

自動車や電車が
曇った空の下を違った扉に向って走ってゆくのを見た
どんな物蔭の暗い眼が
都会の時計のために残されてゐるのかしら
目的のない風が立つ
この街で生きようとしてはならぬ

（『鮎川信夫詩集9』「2囲繞地」より、戦後の詩「囲繞地」）

この「囲繞地」という詩には、詩人の分身が路上をさまよう都市の風景がある。七〇年代半ば、鮎川信夫自身によって刊行された、若き日の仲間の遺影である『森川義信詩集』『失われた街』や『牧野虚太郎詩集』から、彼らの詩の青春によりそいつつ、この詩のつづきを追ってみよう。戦後の詩誌『荒地　詩と批評』の特徴のひとつに、戦前に早世した詩人たちの詩を掲載していることを鮎川はあげている。

描かれるのは、はたして鮎川信夫の出征の時のことである。あれほど反撥の対象であった父親と鮎川との間には、どのような会話が取り交わされたのだろうか。鮎川と父との関係に関心のある私には、その記録がないのはとても残念に思われる。

「囲繞《いじょう》」という言葉は、大乗仏典の『法華経』にも『阿弥陀経』にもでてくる仏教用語である。仏教用語では、「いにょう」と読むが、僧侶が右まわりに、仏をまわってかこむことである。モダニズム詩人として、暗い方へと傾斜していく社会に囲繞された若き詩人の詩語に、秘密の扉のような光も影もみえてくるではないか。

あなたの指はまだ感覚を失ってはゐない
水の中にはもう春がきてゐる
窓ガラスに反射する日の光で
楡の幹には自由な樹液がのぼりはじめた
傷つける断片　それは悼しくも長く生きてゐる
あなたは信ずる
春はぢきに立去ってしまふだろうと

またぢきに　嵐と雪で家々を覆ふ冬が来て
孤りぽっちで火を見つめてゐるだらうと
あなたを愛する者はない
あなたには人の背中しか見えぬ
知識があなたを盲ひにした
街の雑音はあなたの耳を不注意にした
だがあなたは僅かに口を利くことが出来る筈だ
〈まだ見ねばならぬ　まだ聞かねばならぬ〉

（『同』「囲繞地」）

戦前の『四季』の抒情派と『詩と詩論』などのモダニズム詩の書き手は、『文芸汎論』では書き手として互いの雑誌に文章や作品を寄せつつ、影響しあっていた。いわば、入れ子細工的に書き手の諸相が交差しあっていたのだ。

そのときには、反『四季』はモダニズムによって可能であり、反モダニズムは『四季』によって可能であったという仮説が成立しはしないだろうか。

ふたつの流れにある詩は、芸術作品として、また詩のテクストとして等価な芸術表現としてみなされるべきものである。反『四季』や反モダニズム詩の可能性が論ぜられるとき、作品の社会性に重点をおく批判もあるが、その試みの総体を通観してみると、詩的成果としては一部のすぐれた詩作もあったが、芸術性に対するイデオロギーの優位な点がいちじるしく、成果はかんばしくなかったということが実証済みである。逆にいえば、『四季』や『日本浪曼派』にかかわったすべての作品が、すぐれた作品とはいえなかった。『詩と詩論』のモダニズム詩も、同様であるといって間違いないだろう。

吉本隆明の登場

『四季』とモダニズムとの見取図を示し、戦前のプロレタリア詩や戦後の共産主義運動の擬制を糾弾したのは、鮎川信夫がその詩を発見し、詩集『固有時との対話』(一九五二)と『転位のための十篇』(一九五三)によって登場した吉本隆明である。吉本隆明は、立原道造をはじめとする『四季』派の抒情から大きな影響も受け、その内部をよく知悉していた。だからこそ、「『四季』派の本質」を書けたのである。

戦後、プロレタリア詩の陣営は、土俗的な日本主義のなかに、批判の磁場を定立しようとした。小野十三郎は、「和歌にみられる伝統的な日本の叙情を無価値なものと否定し、むしろ詩におけるリアリズムと社会批評の重要性」(「短歌的抒情の否定」)を強調した。まことに日本の風土や情緒に敏感でありながら、イデオロギーによる詩の創作や芸術運動の近くにいるといえるスタンスである。戦前に活躍した詩人たちが、全体主義の戦争期にとった態度に対する批判が、これらすべての根底にある。

だが戦後の詩的活動としてのコミュニズムに対する本質的な芸術的批判は、『四季』派や『詩と詩論』などのモダニズム詩によって可能であるにちがいない。

一方が一方に対応するというような、単線形ではない。イデオロギー中心の時代には、コミュニズムとモダニズムと『四季』派の抒情による、相互批判の視点しかなかった。それに対して、私は芸術としての詩が、それらが螺旋のような立体的なうねりの動静としてかかわる姿としてとらえる、前進的な仮説が必要であると考える。共産主義思想とモダニズムの統合でもなければ、共産主義思想と日本文化の統合でもない。そこには、小林秀雄が考えた人間の営みによる「伝統」や「私小説」の方向性としての「社会化」する表現の世界があるだけである。それは、日本固有の伝統文化と日本的文学風土である「私小説」やモダニズムが可能性として開かれていく世界であるにちがいない。

吉本隆明の『言語にとって美とはなにか』（一九六五）は、そうしたイデオロギーとの対決の結節点である。

そこにみえてくるものこそ、社会性をも必然性として繰り込みながら、流動する都市の風景に生き、時代を描いた鮎川信夫の詩の問題として取り出される部分である。鮎川の詩についていうべきことがあるとすれば、ここにつきるように私には思える。

私生活

ここで、鮎川信夫の私生活の一端について語ってみたい。

「上村」の表札のかけられた、母親幸子のいる世田谷の代田や奥沢の家と、目黒区大岡山の最所フミの家を、自動車で行き来する鮎川信夫の姿を、いまでこそ想像できる。だが当時は、鮎川自身が望み、詩人仲間の誰にも明かされなかった、知られざる秘密であった。『荒地』の同人であった伊藤尚志が、荒地出版社を創設するとき（一九五二）に撮影された、鮎川信夫と最所フミ、北村太郎、そして伊藤の四人が写っている写真がある。一番左手に、やや奥まって遠慮気味な若き鮎川信夫がいて、その隣には、利発そうなインテリジェンスを漂わせているミューズ、最所フミが写っている。詩人牟礼慶子は後年、『鮎川信夫　路上のたましい』の取材のために、鮎川の旧居を訪ねている。詩作における鮎川信夫の弟子にあたる牟礼慶子の作品は、『荒地詩集　1955』と『荒地詩選』に、「来歴」のほか七編が掲載されている。その牟礼慶子の書に収められた年譜は、それまでの原崎孝のものにくらべると、私的な部分がたいへん多く加えられた決定稿に近いものである。牟礼慶子と最所フミは、女性同士という面もあったのだろうか。ひんぱんに手紙のやりとりをしている。

上村家の墓所は正式には静岡の富士霊園にあり、墓には、父と母、最所フミの法名と、鮎川信夫の本名が刻まれている。麻布の浄土真宗本願寺派の善福寺にあるのは、疋田寛吉の書になる「鮎川信夫之墓」だ。ここに伯父（鮎川信夫）の頭部の骨が分骨されていると、晩年の鮎川の連絡先だった上村研からうかがったことがある。

鮎川の晩年の詩のなかに、日常性と死に関する有名な詩がある。

忘れられていく人間の過程が
いやに透明に見えてきた　今年の冬
気がつかないうちに　私もまた
死にたくなっていたのかもしれない

忘れてはいけないことを　さがすような眼で
死亡広告をみる癖がついたし
恋人と会っては　窓外のすがれた景色に視線をそらして
どの毒がいいかと話しもした

（『詩集　宿恋行』「必敗者」）

吉本隆明は、この詩を鮎川の晩年の作品のなかでも、特に評価した。

「貴方の死と一緒に、戦後詩の偉大な時代が確かに終りました。それとともに幼年の日のエディプスが偉大でありうる時代が終わっていくのだと存じます」（「別れの挨拶」）と弔辞を飾ったのは、決別して間もない吉本隆明のお別れの言葉である。「幼年の日のエディプス」こそ、鮎川の父・上村藤若の存在であり、戦後が乗り越えようとした象徴としての「父なるもの」である。

鮎川信夫は、先に書いた橋川文三との対談「体験・思想・ナショナリズム」で、父親についてはよくわからない部分があるが、『日本浪曼派批判序説』で、そこを教えていただいたようですとも語っている。この本は、戦後の「日本浪曼派」の再評価と再検討の契機を与えたものである。

ひとつの時代が終わったとき、いかなる「父」との関係がありうるのか。戦後的な父と子との関係について文学に描きだされた幾つかの例証がある。吉本のみたてのような、中野重治の小説『村の家』に描かれる本人と思われる「勉次」と、農民である父親の「孫蔵」との対話がある。孫蔵は、生きるために筆を断てといってもまだ押し黙っている息子に対して、もう一度、「どうしるかい。」と、問い掛ける。それに対して、勉次は漸く、「よくわかりますが、やはり書いて行きたいと思います。」と、答えるのである。

また、左翼運動によって警察署に入っている武田泰淳と、申し訳なさそうに息子泰淳を引き取りにくる優しそうな僧侶の父親との関係も、このような父と子の関係の一例だろう。

あるいはまた、下町に育った堀辰雄がいる。堀は、実父と養父の間に挟まれる自己の矛盾から、それを解消するための虚構の世界を、軽井沢や信濃追分の文学空間として志向した。西洋の翻訳文化やキリスト教を具現化する軽井沢では、その生活費や家賃の送金を、彫金師である養父の上條松吉に繰り返し促している。

鮎川も同様の父子関係を抱え込んだ。鮎川は、再三父親への反発による自己の存在性を述べるのだが、現実問題として、父親の晩年の宗教活動のために、別居を余儀なくされていた。しかし、いざ父親を亡くしてみると、今度は、対戦相手を亡くして、戦力喪失感を語るようになる。「身内に否定すべきものを失って以来、詩作に衰えを示してきた」と書く詩人の父の死（一九五三年死去、享年五十九歳）は、鮎川にとって「アニマ」の存在である母親とのつながりを、より強くしてゆく姿ともパラレルであった。牟礼の年譜によれば、「この年（一九五三年）、吉本隆明との親密な交渉始まる」とある。

鮎川と母親のふたりを、物心両面でささえたのは、妹の康子だった。妹の存在は、時には母親の像と重なるように感じられるが、むしろ鮎川の母親に対する思いのなかに、「姉」に関する詩篇も、妹康子や甥の上村研への思いやりに似た関係も含まれていたと考えるべきだろう。そこに、鮎川の詩作にみられる生活との持続と断絶のうち、生活と関係する接点がある。

断詩

戦後詩を先導した鮎川に俳句作品が残されているかどうかは知らないが、鮎川信夫の俳号が、「猟人」であることを知るひとは少ないようだ。

その筆名で、雑誌「エコノミスト」に書いた絶筆「貿易摩擦の損得関係」までの間、鮎川には、先の橋川文三や桶谷秀昭、磯田光一などの八人の批評家との対談集『自我と思想』（一九八二）があり、「週刊文春」のコラム批評をまとめた『時代を読む』（一九八五）があり、思潮社から『疑似現実の神話はがし』が上梓されていた。「ほとんど発作的に、ぼくは今二年ぐらい書いていない、あまり書く気も起こらない、どうせならあと八年ぐらい書かない、十年っていうのはキリがいいから、と発作的にいっちゃったのね」と、断詩について語っている。

あちこちの会などで、詩を書くことをやめたと語り、最後の『詩集　難路行』の準備をしていること、さらには「ダンテ論」を書くことにも、言及がおよんでいた。

> 自分を無神論者だと思っているわけでもない。信仰への機縁を欠いているためか、精神を高めるのに必要な重力を持たないためか、それとも悪魔の心を抱いているためか、よく分からないが、宗教に関しては、すこぶる曖昧な未決定論者なのである。ひょっとしたら、信心深くなっている自分、というものをどうしても想像することができないというだけのことかもしれない。〔略〕私たちは、宗教からますます遠ざかっていくのか、それとも近づいているのか？　どちらかが、コロッと落ちてしまうなんてことが、ありうるだろうか？と自問せざるをえないのである。
>
> （『思想と幻想』「読者へ——確認のための解註」）

鮎川信夫が何故「ダンテ論」を書こうとしたのかは、戦争と父と宗教といった鮎川自身の解決できないアポリアと関係しているように、私には思える。

吉本隆明との最後の対談『全否定の原理と倫理』は、バブル経済真っ只中の一九八五年の八月になされた。一九五三年の出会いから約三十年間の交遊の後に決別にいたるふたりには、時代の読み方の差異があったにちがいない。巷では、ジャン・ボードリヤールの『消費社会の神話と構造』（一九七九、今村仁司・塚原史訳）が二十一刷と版を重ねていた。そしてこの「消費社会」のとらえ方をめぐり、ふたりは決定的に行き違う。

「ほんとを申せば、もう一年あまりまえに、貴方は無言のうちに、わたしへの挨拶をされ、それは確実にわたしに伝わっておりました」と後に語った吉本はバブル盛んな時代のなかで、カルチャーとサブ・カルチャーを「現在」から論じる『マス・イメージ論』（一九八四）を上梓した。

詩人の感性をはるかに越える現実認識者としての直観をもつ鮎川信夫の『時代を読む』と『疑似現実の神話はがし』に対して、これも詩人というより、戦後の根源的な自立思想を構造主義的に語る吉本隆明の『マス・イメージ論』は、時代そのもののリアルな実感と、思想が必然として内在させる抽象度の差異による、現実へのリアルな把捉との差異であったようにもみえる。具体的には、浅田彰ブームとフランス現代思想のブームへの疑義があり、三浦和義の周辺に漂うロス疑惑でのマスコミに対する批判があった。

吉本　だけど鮎川さん、そういうふうにおっしゃるけど、ぼくは「老い」や「死」の問題は無意識的にあって、はっきりいえば鮎川さんは老い込んでるなという感じがするんですよ。印象としてですがね。

（『全否定の原理と論理』対談鮎川信夫・吉本隆明）

兄でもあり、親友でもあった鮎川に対する吉本隆明の唐突な発言によって、ふたりの三十年におよぶ交渉史は、しこりがのこる堅い結び目となって終焉を告げたのだろうか。ふたりは、晩年の明晰さと危機感がともに併存する晩年性《レイトネス》に差し掛かっていた。その結び目を解くための対談での意見の相違の真偽は、よくわからない。

吉本隆明の後背地

鮎川信夫が詩を書くことを中断していたころ、吉本隆明は、長編詩「記号の森の伝説歌」を『野生時代』(一九七五―一九八四)に書いていた。そこには、天草への帰還をめぐる詩群があった。

吉本隆明は、その半生に、二度、祖父の地である天草を訪れている。長編詩の連載の途中での訪問は、六〇年代の熊本と福岡での講演会の帰りに、一度故郷の天草を訪れてからそれ以来の訪問である。

祖父と祖母、父と母のいる吉本の家庭内では、日常的に、天草表現での会話がなされていたという。故郷を訪れる吉本に、父親は、二、三軒の寄るべき親戚の家を伝えると、そこではどこの家も信仰が厚いので、家を訪ねたら、まずはじめに、仏壇に手を合わせるように、と求めた。

「記号の森の伝説歌」は、「魂の還るべき場所を尋ねる作品」(吉田文憲)である。

　　墓をみつけられなかったものは
　　　　どこへゆくか
　墓碑銘を妨《さまた》げられたものは　どこへゆくか

墓などなく　ある日ふと
荷を背負《せお》わされたものはどこへゆくか
じぶんの幻影《げんえい》がつくりあげた村々に
じぶんが帰ってゆくとき
未知の怖《おそ》れのため
ふるえた

（『長編詩　記号の森の伝説歌』「Ⅱ戯歌」）

この長編詩について、『野生時代』に掲載された作品と、現在の「記号の森の伝説歌」の成立の過程と異同を論ずることはいま問題ではない。

問題は、吉本にとっての「故郷」、「天草」のことである。「祖父や祖母」や「父や母」のことである。確かに、この詩集は、「信貴山縁起絵巻」の図像によって装丁された歴史をさかのぼるようにもみえる詩集である。しかし、そこには、中世の聖の物語や伝説というよりもはるかに、近い時代の土地の匂いがする。その匂いとは、天草の土地の匂いであり、海の匂いである。浄土真宗の匂いであり、キリシタンの匂いである。そして、親孝行を村落共同体の倫理とするこの地方の風習があって、父親に対する吉本の、特に尊崇の念が語られるのだが、それまで、ほとんど吉本に語られることのなかった母親が詩のなかに登場する。

吉本一家は、第一次大戦後の造船不況によって、祖父の事業が倒産すると、逃げるようにして、天草から出てくる。吉本隆明にとって、「月島」は、ひとつの「後背地」であった。しかし、より根源的な「後背地」こそ、もうひとつの「月島」である「天草」であった。

私が生まれたとき「吉本隆明は母の胎内にあった」と、田村隆一が『若い荒地』の「一九二三年」のなかで語る母の実存性がここにはある。

　　いっぱいつけた花びらで
　すこしずつ話す　こうありたい夢《ゆめ》
　ある日ふと痛《いた》い身振《みぶ》りみたいに
　　足音だけで落ちてゆく
いちばんの希望は木でなくなることだ

少年は虫の死と　母親の瞋《いか》りをもって
ひろがった腕《うで》みたいな枝のしたにやってくる
少年は木にのぼって
木になる

（『長編詩　記号の森の伝説歌』「Ⅴ叙景歌」）


鮎川信夫は、対談後の「読者へ――確認のための解註」で、「吉本がなぜ私と全く対立する見解を持つに至ったかは、実のところ不明である。ただ、知識人とか文化人とかいわれる人たちには、彼と同じような考えの人たちが多勢いる。そういう連中と、彼もまた同じだとは考えたくない」と書いた。そして、現実の対談の論点のひとつであった「三浦和義事件」の社会的事象がはらむ問題については、「が、いずれはっきりする」と自らの直観の真意をあらためて語るのだ。

この対談集は、一九八五年の十一月に出版され、翌年六月に、鮎川の母堂がなくなる。

一九八五年八月号の『現代詩手帖』に掲載された「全否定の原理と倫理」の対談を図書館で取り寄せる。その年の十一月に刊行された巻末の「読者へ――確認のための論註」を付した『全否定の原理と倫理』のコピーも取った。それと全集（一九八九）の対談「全否定の原理と倫理」にも眼を通した。

「全否定の原理と倫理」

経済界に詳しく、多様な書評をしている向井敏は、鮎川信夫について、「『時代を読む』眼」と題する解説のなかで、「その視野の広大、観察の周到、判断の明確、論法の鋭利に対する驚き」であり、『時代を読む』の諸文章はれっきとした批評家の文章、なかんずく社会認識の確かさにおいて傑出した批評家の文章」であると書いた。そこには、吉本も認めざるを得なかった、晩年に開かれていく鮎川の新しい表現の地平があったのである。

鮎川信夫が亡くなったのは、吉本との最後の対談の翌年、一九八六年十一月のことである。翌年には、『最後のコラム』『詩集　難路行』『評論集　すこぶる愉快な絶望』『私の同時代』が、遺稿として次々と出版された。時代の状況をみれば、鮎川信夫は、一八八九年の昭和天皇の崩御も、ベルリンの壁の崩壊やソビエト連邦の解体も、天安門事件さえも知ることなく逝ったのである。

両者の最後の対談以前のことである。大岡昇平と埴谷雄高による『大岡昇平・埴谷雄高　二つの同時代史』（『世界』の一九八二年一月号から一九八三年十二月号）という対談がおこなわれた。初版は一九八四年七月二十三日に出ており、私が購入した本は、同年十月十五日の第三刷であった。対談のなかで、吉本隆明について語られているのは、十六章のうちの十二章目で、「安保の時代とそれ以後」の項目である。吉本隆明が安保闘争の当日に警視庁に逃げこんだという、批判に端を発する花田清輝との論争で問題となっている部分である。

このふたりの対談に関して吉本隆明が発言し、出版社を巻き込んでの論争になった。『重層的な非決定へ』に網羅された『試行』の「情況への発言」は、一九八四年十二月と一九八五年七月である。その途中の時期に、埴谷雄高への返書「政治なんてものはない」「重層的な非決定へ」が一九八五年三月と五月に書かれている。

吉本隆明は、鮎川信夫との最後の対談の当時、戦後文学者として自らも認めていた埴谷雄高と大岡昇平との論争の渦中だった。そのことを考えなければならない。

二つの詩集を上梓していた初期の吉本隆明の理解者は、鮎川信夫である。吉本隆明の「高村光太郎論」は、鮎川の紹介によって、早稲田大学の図書館での資料の閲覧が許されたことで可能になっていた。さらには、少し遅れるが、戦争責任論と花田清輝との論争に奮闘する吉本隆明を文学的思想的に位置づけて評価したのは、『近代文学』の埴谷雄高であった。吉本にとって、花田は、『新日本文学』の批評家であり、埴谷は『近代文学』の中心的な作家・評論家である。鮎川の立場はその

『近代文学』に近いものであった。

吉本隆明にとって、戦争期の自らをも批判する立場とともに戦後の共産主義思想との戦いのなかにあっては、日本の権威主義的な全体主義の特色は、反ユダヤ主義や退廃美術と前衛芸術を批判したヒトラーによるナチズム（国民社会主義）とも、未来派を繰り込んだイタリアのムッソリーニのファシスト党とも異なると認識していた。

そこに、日本の歴史と風土に根ざした国家論へとつながる『共同幻想論』（一九六八）がある。戦後の政治と文学論争に決着をつけようとした『言語にとって美とはなにか』は、政治的価値と芸術的価値を止揚する言語芸術論として結実する。そして、それらの母胎である人間そのものの考察である『心的現象論序説』（一九七一）および『心的現象論本論』（二〇〇八）は、在野の研究者によって、海外への翻訳も検討されているものだ。戦前の全体主義の日本も、スターリニズム下のソビエト連邦も、原理的に批判されるべきものであった。それをやり遂げたのが吉本である。そこに、吉本隆明についての誰もが認めざるを得ない評価がある。吉本にとっては、戦前の全体主義に対する批判は、一方で、『共同幻想論』や「天皇制論」があり、他方で、戦後の近代化論争や主体性論争に対する「思想的自立の拠点」に収斂するものがあるといっていいだろう。

吉本隆明は、鮎川信夫という対談者を失った後、オウム真理教事件（地下鉄サリン事件、一九九五）や九・

一一のアメリカ同時多発テロ（二〇〇一）、さらには、三・一一の東日本大震災と原発事故（二〇一一）について、ひとりで語ることになった。

「オウム」と「原発」への発言については、世論を二分する論争を引き起こしていた。

戦後の表現のアポリアをくぐってきた鮎川信夫と吉本隆明である。もし、父や兄のような対話者で聞き役でもあった鮎川信夫という存在があとしばらくいて、このような時代の局面を自由に対話することができたなら、私たちはさらに意味のある深い内容をふたりの対談から受けとることができたのではなかろうかという思いがする。

なぜならば、ふたりの直接的な論点に関わる三浦和義のロス疑惑事件は、その後、鮎川信夫の見解の範囲で収束したからである。グアム島に滞在中の三浦和義は、そこで検束され、ロサンゼルスへ移送される途中のハワイで自死している。鮎川の自由な発想と見解をまえにすれば、単独者の吉本にも、余裕のある思考と対話の余地があったはずだという思いがぬぐいきれないのは私だけだろうか。

最後の対談を行った当時、鮎川信夫は六十五歳、吉本隆明は六十の還暦を迎えたばかりである。ふたりの姿からみえてくるものは、人間の人生、午後三時の時間からみた時代＝永遠《アイオーン》を語ることでもある。鮎川は詩を書くことのスランプを感じており、吉本も、埴谷雄高との論争を抱えながら、身体や精神の偏重をきたす年齢に差し掛かっていたといってもよい。

鮎川と吉本の議論を読む際、考えるべきことがある。それは「大衆」とは何か、ということである。

かつて、丸山眞男が八月十五日の終戦の日に亡くなると、ジャーナリズムやその周辺に大きな物議をかもした。何故、東京帝国大学の助教授でありながら、一兵卒として、再三、徴兵されたのか。三度目の徴兵は広島の呉であり、丸山眞男は被爆する。

その事実に、日本ファシズムに対する丸山眞男の戦後の思想的な闘いの基盤があった。それは、戦後の民主主義のなかに、近代主義としての開明的な日本及び日本人を想定するものである。

しかし、丸山の思索のなかには、庶民＝大衆に対する否定的な根拠が、啓蒙主義の抱える問題として存在した。その大衆観を一挙に思想的な拠点に逆転したものが、吉本隆明の「大衆の原像」だった。


戦争で疲労し、うちのめされた日本の大衆は、支配層の敗残を眼のあたりにし、食うに食物がなく、家もなくなった状態で、何をするだろうか？　暴動によって支配層をうちのめして、みずからの力で立つだろうか？

あるいは天皇、支配層の「終戦」声明を尻目に、徹底的な抗戦を散発的に、ゲリラ的にすすめることによって、「終戦」を「敗戦」にまで転化するだろうか？
しかし、日本の大衆はこのいずれのみちもえらばず、まったく意外な（ほんとうは意外でもなんでもないかもしれぬが）道をたどったのである。［略］
わたしたちは、このとき絶望的な大衆のイメージをみたのであり、そのイメージをどう理解するかは、戦後のすべてにかかわりをもったはずである。

（吉本隆明『丸山眞男論』「1序論　2戦争体験」）

丸山眞男がとっている思考法のなかに刻印されているのは、どんな前進的な姿勢でもなく、じつは、知識人の思想的課題であり、また戦争があたえた最大の教訓である「大衆の原像をたえず自己思想のなかに繰り込む」という課題を放棄して、知的にあるいは知的政治集団として閉じられてしまうという戦前期の様式に復古しつつある姿勢なのだ。
そして丸山眞男の復古的な姿勢は、丸山の「私自身の選択についていうならば、大日本帝国の『実在』よりも戦後民主主義の『虚妄』の方に賭ける。」（同書「増補版への後記」）という言葉にうながされて、その復古的な姿勢を通俗化してみせた山田宗睦の『危険な思想家』によって退廃した決定版をもったということができる。

（吉本隆明『情況とはなにか』「知識人の神話」）

日本の戦後社会をリードした「近代主義」に対する批判によって、「大衆論」は、大きく進展した。とはいえ、その後、吉本隆明にとって、気がかりな社会的事件が起る。一九九五年三月のオウム真理教事件と、二〇一一年三月の東日本大震災と福島原発の事故である。そこには、オウム真理教がかかえこんだ宗教的な「大衆像」があり、原発の事故におびえる反科学的な「大衆像」があった。

吉本隆明が亡くなったのは、二〇一二（平成二十四）年の三月十六日である。すでに、評伝ともいうべき『米沢時代の吉本隆明』（二〇〇四、斎藤清一編著）、『吉本隆明の東京』（二〇〇五、石関善治郎）、『吉本隆明の帰郷』（二〇一二、石関善治郎）が、出版されていた。

墓所は、築地本願寺別院の和田堀廟所である。そこには、信奉するひとが、京王線の明大前から近いこの墓所をひそかに訪れていると聞くが、墓域のなかでも佃墓所域といわれる祖父母の遺骨を納めた墓である。墓石は、あたり一帯からすると、大きくはない。祖父が亡くなるときに、天草から取り寄せたものである。
鮎川信夫の最後の詩集は、『詩集　難路行』である。
「ミューズに」にはじまり、「風景論」によって閉じる詩集は、自身の意志によってまとめられた生前葬にも似たものである。生前から準備されていたものの、出版は一九八七年の九月二十五日を待たねばならなかった。スピードの速い出版界からすれば、死からほぼ二年の時間が流れている。吉本隆明による解説「最後の詩集」が、なかなかできあがってこなかったからであった。

この最後の詩集についで、いうべきことがのこっているとすれば、あとひとつしかない。この詩集が〈赦し〉の詩集だということだ。自分を赦し、友人を赦し、かれのエディプスの王であった父親を赦し、住家の窓からの光景を赦している。わたしはこの詩集ではじめて、鮎川信夫の修辞的な〈赦し〉の世界をみたとおもった。

（吉本隆明「最後の詩集」）

吉本隆明にとって、鮎川信夫の「赦し」とは、鮎川からの吉本への「赦し」であったに違いない。そこに、吉本は、鮎川の晩年によみがえりつつある詩的言語のなかに、修辞的な「赦し」をみたのである。

第八章　故郷

さて、鮎川信夫の詩とその精神構造の基盤について、もう一度、原点に返って検討してみよう。鮎川信夫の詩が表象する複雑な詩の成り立ちには、矛盾を総合しつつ重層的に決定されるという、反語的な要素が隠されている。

詩を制作する場合、手法や主義を示すものは、後から語られる詩論だ。詩人たちは実作の過程では、理論によって名詩を作りだそうとはしないだろう。詩人であれば、体験的にわかることだ。作られた詩が語るものから、理論が生まれる。論証や創作のヒントとなって詩の制作に影響を与えるのは理論ではなく批評である。批評が衰退する現在では、理論が詩とは何かという問いにヒントを与えることはあっても、どこまでいっても作品の創作自体にはたどりつけない。

とはいえ、アンドレ・ブルトンの『シュルレアリズム宣言』や民藝の柳宗悦のいわゆる「仏教美学四部作」のように、実作者に大きな影響を与えている理論もある。理論に即した活動として、芸術のひろがりのある生成として成功している例をそこにみることができるのだ。

鮎川信夫の作品に散見できる詩的言語は、個人の幻想が表出されて立ちあらわれた、都市の抒情を描くポエジーである。鮎川信夫が、戦前から戦後にかけて一貫して歩んだモダニズムとリベラリズムには、ヨーロッパ全体を蔽った、第一次大戦後の一九二〇年代から一九三〇年代の空気の残滓がある。

鮎川の作品において風景は、自己から表出した心性の窓であり、叙景へと通底する魂の窓となる。『四季』派からの近代的な田園風景を基盤とする抒情の流れと、モダニズム詩が描いた都市の風景に、個人の内面を映した社会の空気が漂っている。そこに、鮎川信夫の反語的ポエジーの原基を支える、意識と無意識の統合による暗黙知があるように思われる。背後には、フロイトからユングに関わる生の心的リビドーの漂流という力学もあるにちがいない。

鮎川信夫は、うたう詩から考える詩によって、言葉の意味の回復をはかろうとした。鮎川の戦後の人生と詩人としての内的生命《アイオーン》にとって、戦争体験と父親の存在は、動的な自己表出に確たる内的時間の「引用素」としてのエネルギーを与えていた。さらには、戦後の詩の出発には、戦争体験と父親の存在から反撥した文章の劇化が、深層から沸き起こってくる言語と強く結びついた。

詩人は、世界をミメーシス（模倣）によって、写し取る。文学的虚構のドラマツルギーこそ、心的リビドーによって漂流する自己幻想を、躍動感ある独自の反語的抒情詩としてかたどったものだ。鮎川信夫は、うたう詩から考える詩の後、もう一度うたう詩を志向することはなかった。それは、何故であろうか。

考える詩こそ、戦後詩の特徴であった。現実社会をみるイロニーの眼がある。考える詩とは新たな「批評」性をポエジーが表現する世界でもある。

私の父

秋の晴れた日曜日の午後、再び麻布の善福寺にある鮎川信夫の墓に行った。鮎川信夫の甥の上村研が、体調を崩して墓参できない。その代理の思いもあった。

墓参といえば、思い出がある。かつて、鮎川と『荒地』の仲間だった松田幸雄と新宿の喫茶店で待ちあわせをしたことがある。松田は、堀越秀夫との縁で、『荒地』グループの年刊『荒地詩集1956』『同1957』に参加し、海外勤務などをしながら、ディラン・トマスやセオドー・レトキの詩を訳した。鮎川は、早稲田大学の出身ではあったが、慶應大学出身の松田の面倒をよくみていて、訳詩集の書評もしている。
一九六四年には、石原吉郎が『サンチョ・パンサの帰郷』（一九六三）でH氏賞を受賞すると、松田は現代詩人会の選考委員として、表彰式で講演をした。ここで、松田幸雄の詩と鮎川信夫への追悼詩を読んでみよう。

男と女が
遠い夕映えを眺めている

空の色が変わり雲の色が変わり
雲の色が変わり雲の形が変わり
雲の形が変わると　山の形さえ変わる

（「遠い夕映え」）

いまはもうあなたは天堂界。
ダンテの舟の澪をたどり、
彼とじかに『神曲』論議をすることができますね。
あなたがこの世に遺さなかった『神曲』論を
私は私なりにこちらで読むつもりです。読めるでしょう、
あなたの考え方の澪に添い、私が漕いでゆくかぎりは。

（「詩人の肖像　鮎川信夫さん追慕」）

松田幸雄は椅子に座るなり、いま鮎川信夫の墓参りをしてきたばかりだよ、と高潮したおももちで話された。ひそかに、鮎川信夫の墓参りをしているひとがいる。疋田寛吉もそうだった。同じ『荒地』に属した田村隆一の葬儀は、嵐の日の鎌倉の日蓮宗の妙本寺で催された。夫人の尽力によって、いまは本堂の裏手に田村自身の最後の詩集『1999』のタイトルを墓碑銘にした「田村隆一」の個人墓がある。

二〇〇四年八月二十六日のことである。鎌倉の妙本寺にて、田村隆一の「七回忌の法要」が営ま

れた。参会者のなかには、詩人や関係者だけでなく、写真家の荒木経惟がいて、「1999」と刻まれた墓の前で、墓参りをしている参会者を小型のカメラで撮っていた。かつて、田村隆一の第一詩集で、戦後詩を代表する詩集のひとつである『四千の日と夜』の出版記念会（一九五六年六月）が、精養軒で開かれた。会場でともに写っている鮎川信夫と田村隆一と吉本隆明の姿があった。『荒地』は、鮎川信夫のグループと田村隆一、中桐雅夫、黒田三郎のそれぞれのグループから成り立っていた。そうしたなかで、吉本隆明は異質にみえる。鮎川の存在なくして、吉本の『荒地』の詩人としての存在はなかったのではないだろうか。

法要の後、鎌倉駅の裏口の銀座アスターで、「偲ぶ会」が執り行われた。そのときに配布された小冊子には、田村隆一の自筆の詩が印刷されていた。北村太郎が好きだった「猫」の詩である。

猫は猫の中で眠る
人間の中には人間はいない
言葉だけで人間は社会的な存在になり　言葉の中で
人は死ぬ　そのとき

やっと人は人になるのである

田村隆一

鮎川信夫の命日に間近な、雲ひとつない晴天の日曜日だった。私は福澤諭吉の墓を通り、右手の階段を登った。

花を手むけ、線香をひと束燃やし、「般若心経」と「阿弥陀経」を独誦する。

麻布山善福寺は、当初は真言宗だったが、現在は本願寺派に属する浄土真宗の寺である。寺の宗旨からも、こうした供養はふさわしいとは思われるが、はたして鮎川信夫が喜んでくれるものだろうか。おそらく否だろうと思われるが、鮎川の両親はきっと喜んでくれるものと確信する。

鮎川信夫の墓参りをすることは、「私の家は、両親とも門徒宗の出であるから、親鸞の名は、子どもの頃から親しいものであった」と語る、鮎川信夫の父母への墓参りであるという強い意味も加わるのである。

生前それほど親交がなかった鮎川の墓参りを律儀にするというのも、単に鮎川信夫に関心があったり、「鮎川信夫論」を書くという理由だけではなく、私自身、まだ気づいていないなんらかの因縁があるからであろうか。私の父は、一九一六（大正五）年に生まれている。終戦までに三回の招集を受けた。中国戦線ではおもに中支で鉄道連隊に所属していたが、千葉の習志野で終戦をむかえた。父の兄は、終戦後、ソ連のナホトカにシベリア抑留者となって、戦後に帰国した。本家に叔父が帰国すると、それまで祖先の墓を守っていた父は、母と兄と姉を連れて、分家として家を出た。父は、その後の過労で身体を壊し、十分に働くことはできなかった。叔父も、どうしてか仕事が手広くはできないでいた。

かつて、「早稲田文学」に最初掲載され、後に『ノスタルジック・ポエジー――戦後の詩人たち』（二〇〇〇）に収録された「鮎川信夫――航行するニヒリズム」を書いたとき、鮎川の「父なるもの」に対する反発と拒絶を、何よりもすさまじく感じたものである。

私自身の「父なるもの」との関係もあって、鮎川信夫の「父なるもの」との共鳴がある。それは、私の父の生前の不遇と、鮎川信夫の父・上村藤若の人生のありようが、どこかで共鳴しているといいかえることができる。

私の東京の家は、父が一人で頑張っていた。しかし、新宿の一丁目の店が空襲で焼け、柏木の自宅が強制疎開になり引越し先の中野の家も消失すると、さすがの父も頑張り切れなくなって、ほうほうの体で八幡に引き上げてきた。［略］それから、私たちの一家は石徹白村に移り住んだ。

（「終戦間近の郡上八幡」）

鮎川信夫のグレート・ファーザーとしての父への反撥をみると、はたしてふたりの融和はあったのだろうかと私は煩悶してしまう。どうやら和解は、どちらかの死を待つほかなかったようだ。私の書いた「鮎川信夫論」の文章の成立の因縁や、モダニズムと自由主義的精神、権威主義的パーソナリティである日本の反近代的な風土との軋轢には、鮎川の父への反撥と拒絶との関係に対する、強いアナロジーが含まれている。私の話はこれくらいにしよう。

「父なるもの」

吉本隆明には、『父の像』（一九九八）という晩年の著作がある。「父なるもの」「母なるもの」があって、

「私」がある。不思議なことではあるが、吉本隆明には「母なるもの」について書かれたものがほとんどないのだ。

「一身にして二生を経る如く一人にして両身あるが如し。」ではじまる江藤淳の『昭和の文人』（一九八九）は、そうした一身にして二生を生きざるを得なかった昭和を生きた文人たちに照明を当てるものだ。そこには、平野謙、中野重治、堀辰雄が論じられていて、昭和の「左翼」と「モダニズム」といわれてきた文学の、真の本質がそうした文脈のなかにあると論じられている。

しかし、ひとりの人間がふたり分の人生を生きる福澤諭吉の近代ではないが、試みに、もし父の一生と子の一生をあわせて、ひとつの一生としてみることが許されるならば、父・藤若と子・鮎川信夫の人生は、二生（二身）にして一生（一身）を生きた、すぐれた人生として映ってくる。

父・藤若は、息子の反撥を受けながら、近代日本のなかで、戦前から戦後を生き、息子は父親からあらゆる直接的な指導を受けて、戦後のなかで日本の近代と反近代を生きながら、結果として自在ですぐれた詩と認識の文章を綴った。

そこに、「イデオロジストの顰め面」と「頸輪ずれしたおれの喉」の苦悶と反省の人間の二生（二身）が合体する、完璧な人生の像をみてみたい誘惑に私はかられる。

再び、鮎川信夫の戦後の名作を読んでみよう。

窓の風景は
額縁のなかに嵌めこまれている
ああ　おれは雨と街路と夜がほしい
夜にならなければ
この倦怠の街の全景を
うまく抱擁することができないのだ
西と東の二つの大戦のあいだに生まれて
恋にも革命にも失敗し
急転直下堕落していったあの
イデオロジストの顰め面を窓からつきだしてみる
街は死んでいる
さわやかな朝の風が
頸輪ずれしたおれの咽喉につめたい剃刀をあてる

おれには掘割のそばに立っている人影が
胸をえぐられ
永遠に吠えることのない狼に見えてくる

（『鮎川信夫全詩集』Ⅰ 1946-1951「繋船ホテルの朝の歌」）

『鮎川信夫論・吉本隆明／吉本隆明論・鮎川信夫』（一九八二）で、吉本隆明は、「鮎川の内部のメカニズムは、多価的《ポリヴァレント》で、ある一要素を引きだせば、一つの詩や詩論がうまれ、他の一要素を引っぱれば、他の傾向の詩や詩論がうまれる」として、鮎川信夫の思想の多様性《ポリフォニック》に視点をむけた。「鮎川の内部世界には、じつに深い戦前の自我形成期の痕跡がのこっていて、それが相対安定期の現実意識とのアナロジーに触発されて、あらわれてくる」と鮎川信夫の書く戦後の詩の「引用素」（コンステラツィオーン＝星座）の秘密について書いている。

晩年の北村太郎が、コーヒーをすすりながら、同じようなことを呟いたのを聞いたことがある。鮎川信夫の詩は、一筋縄ではいかない多くの深い要素を内に秘めている……、と。

これと対応するように、鮎川信夫は吉本隆明について、「現代文学の唯一のテーマは何かといえば『疎外された人間』ということに帰着するであろうが、吉本隆明の場合、その孤立の根源をさぐると、過去を大きく遡って第二次大戦をこえた向うがわの少年期にまでつながっているのである」(『マチウ書試論』まで)と、吉本隆明の父と母と姉の生活風景に接する少年期の無意識的な世界にまで接近するように書いた。「マチウ書試論」では、仏教の「縁起」とキリスト教の「絶対」から「関係の絶対性」というキー概念が捻出されていた。

もし私に敬愛する詩人がいて、その詩人論を書くなら、ぜひこのように書きたいものだと思わせるような、ふたりの文章である。詩人の萩原朔太郎にも、日本浪曼派の保田與重郎にも、伊東静雄に対するみごとな紹介文がある。それによって、ひとりの詩人が歴史に名を残すことになったといってもよい。ここには、吉本隆明からみた多様な鮎川像と鮎川信夫からみた吉本像の本質がかたどられている。

吉本隆明が語る「じつに深い戦前の自我形成期の痕跡」こそ、鮎川の「戦前のモダニスムの教養」を意味するのだが、ここで強調すべきことは、それと反措定的に強い関係をもつ父親との格闘の連続の歴史があって、さらに母親の影に寄り添う詩人の秘められた姿が確かに存在するということである。

「私」の内部には、生命体としてのあらがいがたい生のリビドーの漂流がある。「アニムス(男性性）」としての父親の影を重視するなら、「自我形成期の痕跡」を固着や退行現象のひとつとしてみることも、否定しがたい。逆に、鮎川信夫が晩年の母親をきづかう態度をみると、「アニマ（女性性）」としての母親像は、流動するリビドーの備給の窓のひとつとしてはっきりと浮かんでくる。「アニマ」は、息をするように生成する、生命や思考の原理に密接に関わるものだからだ。ユングが、人間の奥深いところに共通して存在していると仮定した集団的無意識は、様々な姿やシンボルを通じて、人間同士の共通性を語る。

そこに、詩人の「感情移入」が「抽象衝動」へとかかわる自己の象徴性についての考察がある。世界と自己をポエジーの言葉によって象徴的に書き写すことは、言葉（星）による世界像のミメーシス（模倣）による抒情（星座）の獲得であった。それが、一直線に書ききる鮎川の表現である。そこでは、時間と永遠と生命のアイオーンが、自我の影のように深層に存在しているアニマとアニムスに牽引されているのだ。

その夜——

妹のところへ電話をかけようとして

ぼくは暗い路地を走り出た
どの家も寝しずまっていて
まがりかどにオレンジの外燈がひとつ
近くの闇を照していた
こんなふうに父が死ねば
誰だって僕のように淋しい夜道を走るだろう
崖下の道で息がきれた
明るい無人の電車が
ゴーゴーとぼくの頭上を通過していった
　……苦しみぬいて生きた父よ
死にはデリケートな思いやりがあった
ぼくは少しずつ忘れてゆくだろう
スムースなスムースなあなたの死顔を。

（『鮎川信夫全詩集』Ⅱ 1952-1954「父の死」）

鮎川信夫の父に対するレクイエムである。

よりよい詩の記述によるレクイエムの歌い手は、よりよい詩の発見者であった。鮎川信夫というすぐれた目利きによって、『固有時との対話』の吉本隆明も、『サンチョ・パンサの帰郷』の石原吉郎も、詩人としてこの世に出たといってよい。

ユリイカ版(一九五八)と思潮社版(一九六三)の『吉本隆明詩集』は、『固有時の対話』と『転位のための十篇』に二十編の詩を加えたものである。『定本詩集』では、それに二十二篇の詩が加えられている。さらには、初期詩篇として『日時計篇(上)(下)』の膨大な詩が二巻あり、故郷と交錯し、特異な母親像を描写する『長編詩　記号の森の伝説歌』(一九八六)がある。

これらの作品を読みながら、鮎川信夫の心の奥では、吉本隆明の軍国少年として過した青少年期に、父親の藤若の像を重ね合わせることもあったにちがいない。

「アメリカ」への視線

再び、石原吉郎のシベリア抑留体験から、現代のソルジェニーツィン問題を透視する鮎川の言葉に耳を傾けてみよう。晩年の鮎川のコラムには、戦時中の全体主義である日本ファシズムから戦後のスターリニズム批判が、「アメリカ」との接線のなかにみえてくる。

「著作家にとって、政治的理由によって故国を追われることは、半ば生命を奪われるに等しい。かつてナチズム、ファシズムによって、西欧の多くの作家たちが、故国を追われ、外国で辛酸をなめさせられたことは、それほど昔のことではないのである。亡命者を創出することでは、コミュニズムはナチズム、ファシズムと大差ないと知るべきである」（「亡命者たち」）と、鮎川信夫は、かつての全体主義への批判から、「『死の灰詩集』の本質」「『死の灰詩集』をいかにうけとるか」「『死の灰詩集』論争の背景」の一連のテキストのなかで、「抵抗詩」というものに対しても、戦前の「愛国詩」とおなじ全体主義的なものをみるとして、批判した。

コミュニズム批判は、単純に考えればアメリカへの視線の裏返しでもあるだろう。鮎川のアメリカ論を考える際、彼がついにかの地を踏むことがなかったことはよく指摘される。その「アメリカ経験」を考えるのに、比較してみるべき例がある。

新帰朝者としての永井荷風と高村光太郎である。彼らはともにアメリカを体験していた。当時、多くのアメリカ留学の体験者は、ある意味では、アメリカ信奉者であったにもかかわらず、アメリカとの戦争に突入する事態に直面させられた。戦争中のふたりの態度には明らかな明暗があった。荷風が時局に距離を置く生活に対して、光太郎は、時局の先頭に立っていた。

私にはそこに、鮎川独自のアメリカの視線が逆光のようにみえてくるのだ。占領軍アメリカへの批判よりも、まだ本当には発見できていない、アメリカが体現すべき個の自由を優位とするのだ。

今日、僕は抵抗詩と呼ばれるものの背景を考える時、戦争中の愛国詩を考えざるを得ないのは、それらの本体が、いずれも個人個人を超えた〈集団的権威〉への奉仕を意味している点である。それが、国家のためであろうが、人民のためであろうが、僕にとっては彼等の観念が紐つきのものであるという点では同じことなのである。

(「詩人への報告」「Ⅱ観念の集団的背景について」)

このように、鮎川信夫と吉本隆明のアメリカへの視線には、戦時中の全体主義やスターリニズム批判に通ずるものがある。

三十年におよぶふたりの交渉史を語るものには、「文学の戦後」「詩の読解」「思想と幻想」「全否定の原理と倫理」など、後に『鮎川信夫全集Ⅷ　鮎川信夫・吉本隆明全対談』にまとめられる膨大な対談がある。吉本隆明に、父や兄のように語りかけることができたひとは、鮎川信夫しかいなかった。

鮎川　こっけいだけれども、八月十五日が来ると、よく八月十五日はどうだったかということを書いてくれとかいってくることがある。ぼくは一回もかいたことがないんですよ。いいたくないいわけです。ところが、みんなのんきに書いているね。
吉本　そうですね、書いていますね。
鮎川　だからぼくは、そういうのを書く人はのんきだなと思うわけ。君も書いているな（笑）。
吉本　そうそう、書いている。
鮎川　けれども、君の場合は、ぼくは安心して書けると思うんだよ。ぼくにいわせれば一番普通だから、そのころの年齢に見合った感じ方をしている。

（『対談　文学の戦後』対談鮎川信夫・吉本隆明）

鮎川信夫の眼

吉本隆明の鮎川信夫に対する「交渉史について」から「別れの挨拶」までのふたりの軌跡を鮎川信夫論の表門とするならば、鮎川の父に対する思いを吉本の戦前の生き方に重ねる見方は、路地裏の論にしかすぎない。しかし、晩年の「コラム」からみえてくる、全体をリベラルに見通し、平衡感覚のすぐれた表現行為に、「父なるもの」を越えた仕事としての、個性的で確実な表現の地平をみるのだ。

こうして時間がすぎてみると、バブルの崩壊後のポスト・モダン思想の後退と同じように、あのときのふたりの会話から、別れにいたる導線は何であったのかという思いがする。

鮎川　そういう考え方っていうのは、やっぱりすごく科学的な感じがする。文学批評という感じよりも、なんていうかやっぱり科学者が対象を検討するやりかたっていうかね。

（「情況への遡行」対談鮎川信夫・吉本隆明）

鮎川　なるほどね。話を聞いていて、やっぱりきみは原理主義者なんだよ。ぼくはあまり原理的な見方はしなくて、それこそケース・バイ・ケースなんだよ。

（『全否定の原理と論理』鮎川信夫・吉本隆明）

私にはかつて小林秀雄の『考えるヒント』（一九六四）の諸エッセイを比較して、鮎川信夫の「コラム」を読んだ時期があった。

「吉本隆明に文芸批評上の恩師がいたとすれば、小林秀雄を措いてほかにはない。」（「THE MOMENT OF TRUTH」）と、コラムに鮎川信夫は書いた。小林秀雄のクリアーな文章は、骨董を手にしてみつめつづけることで磨いた、物質的ともいえる直観的な文章からなり、それは限りなく身体論に接近している。観念論ではなく、まことに実行家にせまる行為的な文章である。

同様に、鮎川信夫の「コラム」の読者も、詩人を含む文学関係者というよりはむしろ広汎なビジネスマンであり、「週刊文春」などの雑誌や新聞が舞台となった。人文書や評論書というより限りなく一般書に近づいていた鮎川信夫の「コラム」は、生活に直結した実際的で行為的かつ反観念論の文章として、小林秀雄の文章とともに、ビジネスマンの心に響いていたのだ。

たとえば、鮎川信夫の『時代を読む』の論点のひとつは、時局的な「戸塚ヨットスクール事件」と「ロス疑惑における三浦和義事件」だった。

鮎川の意見は、直観によって判断する詩と批評の融合する実存的精神によって時代を越えて、今日、正論となっている。時代がひとまわりもふたまわりもすると、かつてあった時代の言説は色あせ、距離を置いてみれば、あらたな色合いでみえてくるものがある。鮎川信夫の直観による認識と判断は、時代がひとまわりして実証された視点であった。私はあらためて、いまそれを語るひとは少ないと思う。日本の近代社会は、丸山眞男がいうように、いまだ二階構造であり、二階がモダンな近代であれば、一階は、情念的な反近代の世界である。あるいは、近代的なものと反近代的なものが繰り返す弁証法的視点から、なかなか抜け出せないでいた。

しかし、鮎川の自由な思考は、共時的な併存方法がみせる重層性や全体性とともに、不透明となった時代のなかでのひとつの指針にみえる。時代の変化から一歩退いて、鳥瞰することも必要である。吉本隆明の構想した実存を超えた構造的な視点からみてみると、鮎川信夫の戦後的な自由な眼という根拠は、普遍的ではあるが、ちいさな人間の視点としてとらえられる存在であることも事実である。

バブル経済

時代は、一九八六年にはじまる、まさにバブル経済にさしかかろうとする時期である。

若者からの圧倒的な支持をえた浅田彰の『構造と力』（一九八三）や『逃走論』（一九八四）のブームと、ボードリヤールの『消費社会の神話と構造』（一九七九）や『シミュラークルとシミュレーション』（一九八四）が、さかんにとりざたされた時代であった。

高橋源一郎が詩への親近感をみせる『ぼくがしまうま語をしゃべった頃』（一九八五）が出版され、バブル経済真っ最中になると、『評論集　すこぶる愉快な絶望』で鮎川信夫とも往復書簡を交わしている島田雅彦と浅田彰との対談『天使が通る』（一九八八）が出版された。そこでは、ダンテからニーチェ、フーコー、三島由紀夫、映画作家のヴェンダースが表層の思想史を語るように、縦横果敢に取り上げられている。

これらの時代の空気によって、飯島耕一が詩集『宮古』（一九七九）で書いたように、「近代」という拘束からようやくのがれることができた思いがしたものである。あるいは、現代思想用語をもって社会がわかったようにも感じ、時代の表象空間を時代とともに、滑るように歩んでいる気持ちになったものである。

しかし、鮎川信夫は、『疑似現実の神話はがし』のなかで、これらの現象について、その傾向の観念的なうさんくささを、何度も喝破する。その根拠は、なによりも戦争体験のリアリティにあった。

当時、吉本隆明は、『マス・イメージ論』（一九八四）によって、「現在」という「作者」を共同幻想のイメージから把握し、「生のままの「現在」の現実を、じかに言葉で取り扱えば、はじめから「現在」の解明を放棄するにひとしい」（『マス・イメージ論』「あとがき」）と、作家個人の書くという実存を超えて、現代カルチャーの総体を構造的に解釈しようとした。

『岩波哲学・思想事典』には、「共同幻想」とは「優勢な共同幻想が個々人の自己幻想を不断に侵食してしまう「わが国の固有な」精神の構造を分析しようとした」と紹介されている。

後期資本主義社会が、生産から消費へと移行し、社会にあふれる商品は記号として消費される。ボードリヤールの『生産の鏡』（一九八一邦訳）の影響が顕著だった。映画「ブレード・ランナー」を論ずる吉本隆明の『ハイ・イメージ論』（一九八九）では、そうしたボードリヤールの文章が引用された。

一九八九年といえば、以前ふれたように、すでに鮎川信夫はこの世にはいなかった。昭和天皇の崩御があり、時代は平成へと変わる。ベルリンの壁が崩壊する。そして、ソヴィエト連邦の解体と中国での天安門事件があった。

ボードリヤールは、芸術的には、シュルレアリストの仲間である。ダリをはじめとする絵画とブルトンの諸作品により、シュルレアリスムは、かれら後継者がいなくなった後も、二十世紀の芸術革命を推進していた。そして、やがて映画「マトリックス」の監督が、出演者に『シミュラークルとシミュレーション』を読むようにと語る時代をむかえる。鮎川信夫の直観は、そのことの「空虚」さに気づいていた節がある。だから、そうした社会学的手法とシュルリアリスム風な自動記述の論証性の飛躍に、鮎川信夫はとても賛同できなかったのだ。

吉本隆明は、鮎川信夫との最後の結び目となる対談『全否定の原理と倫理』で、三浦和義事件を実存的に把握する自由主義的な鮎川個人の論理を否定こそしないものの、『最後の親鸞』以後、実存から展開して実存を超えた構造主義的な手法で、ポスト構造主義的現在をまえに、世界視線による解像力によって取り込もうとしつつあった時期であった。それのすれ違いにより、鮎川との交渉史を断ち切ろうとしたのだろうか。

「吉本がなぜ私と全く対立する見解を持つに至ったかは、実のところ不明である。」(「読者へ——確認のための解註」)という、何度も引用するこの鮎川の動揺は、隠しようがないものだった。

ふたりの別れから十年後、『世紀末を語る——あるいは消費社会の行方について』(一九九五)という J・ボードリヤールと吉本隆明の対談がなされた。しかし、湾岸戦争(一九九一)をへて、日本経済はバブル経済の崩壊へとその歩みを進めていたのである。九・一一の前にボードリヤールは、しきりにイスラム問題について、語っていた。

第九章　八〇年代

鮎川信夫六十五歳。吉本隆明六十歳。ふたりの三十年におよぶ交渉史は、戦争に対する批判からはじまっている。しかし、戦後五十年をむかえる頃、時代は大きく転換していた。ふたりの詩と批評が直面する時代の変化のなかで、ふたりの交渉史は深まってゆくのだが……。

白い月のえまい淋しく
すすきの穂が遠くからおいでおいでと手招く
吹きさらしの露の寝ざめの空耳か

どこからか砧を打つ音がかすかに聞えてくる
わたしを呼んでいるにちがいないのだが
どうしてもその主の姿を尋ねあてることができない
さまよい疲れて歩いた道の幾千里
五十年の記憶は闇また闇。

（『詩集　宿恋行』序詩）

「砧《きぬた》」とは、能の演目である。遠方にいる夫のために、砧の音を立てて衣を打つ妻の絵像である。それは、時流のなかで自らの信念に生きたために不遇だった父親への思いを、「わたしを呼んでいるにちがいないのだが」と鮎川信夫が語る姿と重なるようである。

吉本隆明は、この詩を引用して、『鮎川信夫著作集』〈2〉の解説の「鮎川信夫の根拠」の論考を結んでいる。『時代を読む』と『疑似現実の神話はがし』を出版したばかりの鮎川信夫が、『マス・イメージ論』を上梓した吉本隆明との対談（一九八五年八月）により、吉本から思想的な差異を表明されたことは、再三述べてきた。

繰り返しになるが、時代は、バブル経済であり、深層よりも表層にひとびとの意識が宙づりにされるような時代だった。翌一九八六年の六月、鮎川の母親が逝去した。その直後ともいうべき、十月に脳溢血で倒れ、鮎川信夫は死去する。

甥の家で、テレビをみたり、慣れないゲーム機、ファミリー・コンピューターを操作したという鮎川信夫は、厳しいコラムの締め切りに追われながら、呟いていたかもしれない。

吉本は、いまごろ、なにをしているだろうかなあ。
本当に、なにをしているだろうかなあ。

吉本隆明は、鮎川信夫との三十年の交渉史の最後に、鮎川の『詩集　宿恋行』にみる、抒情詩としての七五調のしらべを指摘した。かつて鮎川信夫が吉本隆明の詩に見出したのは、『荒地』の詩人にしては、古風な感じもする『四季』派的な抒情への感性と、何者かへのルサンチマンにつらぬかれた、社会と格闘する個人の意志の顕著な姿である。

そこには、戦争を通過した今日の現代詩には、「悲歌」（暗喩）という形でしか詩による表現は歌えない、という認識と視点があった。詩や短歌の表現が悲惨な戦争にかかわってしまったのだ。ランボーやヴェルレーヌに魅せられた中原中也にも、七五調のすぐれた詩がある。西洋音楽に魅せられた立原道造は、『新古今集』の歌や伊東静雄の詩に傾倒していた。そのことを、鮎川は知らないはずはないのだ。

『鮎川信夫詩論集』（一九六四・増補版一九七一）や『鮎川信夫詩人論集』（一九七一）、『歴史におけるイロニー』（一九七一）をみれば、改めて鮎川信夫は第一次大戦と第二次大戦の狭間から出発した自由主義者といえるのだが、日本の軍国主義による全体主義のもとで出征し、病院船でかろうじて帰国した経験をもつ、抑圧の時代を生きた詩人である。近衛師団の同僚はほとんどが南方戦線で戦死した。

作家の安岡章太郎は、鮎川信夫と同じ一九二〇年生れである。晩年、安岡は『流離譚』（一九八一）や『僕の昭和史』（一九八四―八八）で、「歴史意識」のある作品を書いたが、戦時中は満州にあって、部隊が南方へ移動する直前で、肺結核により除隊処分となり、内地に送還されている。当然、南方に送られたその部隊は、全滅に近く、数人しか生きて帰れなかった。大岡昇平によれば、大学出の厭戦的で教練不足の兵隊は、即戦地の前線へ送られたという。自由主義者の鮎川信夫も、確かに、そのひとりであったのだろう。

「遺言執行人」

そんな時流のなかで、鮎川信夫は、現代を文明史的に『荒地』とみてとり、全体主義（天皇制ファシズム）や共産主義（スターリニズム）に一貫して対抗し、詩や詩論を書くことで、戦後日本の『荒地』の現実をまっとうな詩人として生きた。

磯田光一が指摘する『荒地』という言葉の戦後的意味と内容について、二〇一五年の暮れに逝去した加島祥造から聞いたことがある。

確かに、戦後の『荒地』は、第一次大戦後の文明史的に荒廃したヨーロッパの『荒地』を、戦後の日本の廃墟となった大地に言い換えたものである。したがって当時は、成熟とも保守回帰とも思える進行形のエリオットの宗教性だとか、保守性だとか、ヨーロッパから東洋へといった視点は、そのときは問題にしていなかったようだ、と。

「アウシュヴィッツのあとで詩を書くことは野蛮である」（「プリズム」）と書いたアドルノは、「全体は非真理である」と『啓蒙の弁証法』（ホルクハイマーとの共著、一九四七、一九九〇邦訳）のなかで考察した。そこには、「世界の呪術からの解放とは、アニミズムの根絶である」という世界の「脱呪術化」の過程が説かれ、「ヒトラーユーゲントの組織のうちでれいれいしく名乗られた「原始的共同社会」(Horde) とは、ふるい野蛮状態への復帰ではなく、抑圧的平等の勝利であり、正義の平等が等分されて不正義へ展開したものに他ならない」と、アニミズムから原因する神話が啓蒙を凌駕する全体主義に対する批判が、縦横無尽な姿で映し出されている。

さらにアドルノは、日本における戦後の主体性論争のなかで指摘されつづけた封建的人間類型としての「権威主義的パーソナリティ」という概念をも提出した。鮎川信夫が戦地に死した友人たちの遺言執行人であるならば、「ミメーシス」による文学批評を語るベンヤミンをスペインへの亡命の途上に失ったアドルノこそ、ベンヤミンの遺言執行人である。神話とは、啓蒙であるとするアドルノは、「神話はすでに啓蒙である」から「啓蒙は神話に退化する」へと、あくまで全体主義的な論理を批判する。「プリズム」のなかで語られたアドルノのアウシュヴィッツについての発言は、その後、ギュンター・グラスの考えなどもあって、『否定弁証法』では、少し寛容へと変化している。

英国からアメリカへと亡命して、一九四四年には書かれていた『啓蒙の弁証法』と『否定弁証法』（一九六六）の邦訳が完了したのは、それぞれ一九九〇年と一九九六年である。そこには、フランスを中心とする現代思想に対する、ドイツの戦後思想の紹介が寄与しているものと思われる。

「遺言執行人」の鮎川信夫が全体主義に対する批判を展開するとき、すでにアドルノのことばは流布していたようだが、はたして「正義の平等が等分されて不正義へ展開した」と書くアドルノの著作に鮎川が眼を通していたかはわからない。邦訳が出たのは、鮎川の死後のことである。夏の暑い盛りに邦訳の『美の理論』まで読んでみたが、訳者たちが異口同音に書いているのが、アドルノの難解な文章のことである。ユダヤ的思考の内部にあるアドルノの文体は、正統な文章からははるかに遠く秘法のようであるらしい。

鮎川信夫もアドルノも、死の危機迫る長い航海を体験した。

アドルノは、ドイツから英国、そしてアメリカの東海岸を経て、西海岸から帰還する。鮎川信夫は、スマトラからシンガポール、フィリピンのマニラからサイゴン、そして基隆港に停泊しつつ、門司を経て、大阪港に帰還した。このふたつの体験は、存在の危機を内に含んだ航海であった。そこに、人間としての書記行為への熱望とコミュニカシオン（意味作用）が潜在的に存在しているようにみえる。

敗戦国ドイツにあって、かつアウシュヴィッツを体験した、同一性の哲学に対する内在的批判であるユダヤ系のアドルノの「批判理論」の思想から、全体主義に対抗する戦後の鮎川信夫と吉本隆明の思想を相対的にみつめることができるように思える。

近代詩の展開

明治以後の近代詩の系譜には、「新体詩」からはじまり、「象徴詩派」「民衆詩派」「感情詩派」「プロレタリア詩派」「モダニズム詩派」「四季派」などがあるが、各世代ごとにそれに属する詩人がいて区分けができると、大岡信は書いている。大岡信の『現代詩人論』(一九六九)所収の「現代詩の半世紀」によれば、これに「歴程」(一九三〇年創刊)の草野心平をはじめとする無産者インテリゲンチャも加わるだろう。アナーキズム系の詩人として出発した草野心平は、戦前の中国留学と一時帰国を契機にして、戦時中は南京政府の宣伝部の要職にあったが、帰国後にはそれぞれの詩人の個性表現を重視した「歴程」に中心的にかかわり、戦前から戦後の現代詩に大きなかかわりをもちつづけている。

戦後詩から現代詩へと、主に戦前のモダニズム系の『詩と詩論』が大きな影響を与えたが、その他にも『四季』や「プロレタリア詩」などの影響も今日までつづいている。

一方、西欧詩からの影響も千差万別である。リルケ、ボードレールやランボー、エリオットとそれ以後の英米詩、アラゴンやエリュアールなどにみられるシュルレアリズムからマルキスト(共産主義者)の影は、一九二〇年代以後の輸入された歴史だけでなく、戦後直後からの多くの詩人たちにその影響をみてとれる。

そのなかで、『詩と詩論』『新領土』『VOU』『新詩派』『詩と詩人』『文芸汎論』など、同時代の詩活動の空気に呼応していた鮎川信夫のみが、詩界の全貌と歴史をとらえることができたことは不思議である。本人がいろいろなところで述べているように、当時としては、バランス感覚をもってひろい視野から多くの知識を吸収していたことが影響しているのだろう。

戦後いち早く、『荒地』の同僚の若き詩人たち、田村隆一や北村太郎や黒田三郎、三好豊一郎、木原孝一、吉本隆明の詩を、鮎川は自らの詩論の文脈のもとに、隠喩の特徴を視野に取り組んで解説した。それは『荒地』の精神の共同体として、定位された戦後の時空を走るような「現代詩とは何か」である。

鮎川信夫の戦後の詩を丹念に読んでいくと、戦争体験や市民としての意識を表象した独自性だけでなく、明らかに、引用され鮎川の詩のなかに融解した、田村や北村、黒田、三好らの『荒地』の詩のフレーズにめぐりあうことができる。鮎川が直観で取り出した風景や戦争体験や市民社会の変化のなかを生きる意志と表象の世界は、『荒地』からの「引用素」で語ることができる。その「引用素」こそ、鮎川が考える詩の共同性を支える「星」であるが、『荒地』の詩人たちの詩が、鮎川の詩や評論を通じて、ひとつひとつの「星」から「星座」へと結ばれてかたどられてみえてくるようである。

私は、黒田三郎の亡くなる前の年に、大学を卒業すると就職した。黒田も、私の青春の詩人のひとりだ。

黒田の葬儀に参列する鮎川信夫と北村太郎、疋田寛吉の写真が残されている。黒田の死の前後から、『荒地』は、黒田三郎を支持するグループや詩誌『歴程』での活動をめぐって、精神の共同体に亀裂が生じていた。短い期間であったが、戦後文学として活躍した作家や詩人は、例外はあるが、多くが病気や転戦などによる中途半端な戦争体験をもっていた。あるいは、共産主義思想からの獄中での転向体験をもつ文学者であるといわれてきた。そのことは、戦中から戦後まで死なずに生き残ってきた「戦後文学」の特色でもあった。鮎川信夫の詩と評論に出てくる戦争の傷や思い出は、黒田三郎や木原孝一など、他の『荒地』の詩人たちと相互に共有されているものと同じである。

『荒地』の戦後史

ここで再び、戦後の『荒地』の姿を追ってみよう。

鮎川信夫は戦後まもなく『荒地』の創刊にかかわる。小田久郎の『戦後詩壇私史』に描かれたこの時期の鮎川の活動を読んでいると、『荒地』創刊前には、ほとんどのメンバーが福田律郎の詩誌『純粋詩』にかかわっていたことがわかる。

戦後間もない「若き荒地」が、そこに産声をあげていたのだ。

賞には縁がない鮎川信夫であったが、詩「アメリカ」とエッセイ「『灰燼』の中から」の評論により、第二回純粋詩詩人賞を受賞している。

戦後という時代の影響もあったのだろうか。福田律郎ほかの同人がその後左傾していくなかで、鮎川をはじめとする『荒地』の詩人たちは、『純粋詩』から抜け出ると、戦後の『荒地』の創刊へとむかっていく。時代を反映して左傾化する『純粋詩』から別れたという事実からも、『荒地』のモダニズムからの出発には、戦前から継承された自由主義的な精神に重きを置いた思想の原理があったことは、明白である。

鮎川信夫には、当時の共産主義（スターリニズム）への批判と、『荒地』同人の基本的な自由主義的な考え方をみることができる。戦前の『辻詩集』や『現代愛国詩選』にみられる愛国詩を書く社会的意識も、戦後の『死の灰詩集』の素材の扱い方による社会的な自覚のあらわれも、同じであると論ずるのである。

『荒地』の活動については多くの論があるが、いつ『荒地』の精神の共同体が終焉したかを、小田久郎は、黒田三郎、田村隆一、三好豊一郎、中桐雅夫の『歴程』への参加の時期としている。ここにも、ひとつの時代の変化をみないわけにはいかない。黒田三郎が亡くなったとき、すでに、時代は、戦後の革新的な立場を標榜した地点からみれば、右傾化の状況にあったのである。

戦後の第二次『荒地』の当初の同人は、鮎川信夫、北村太郎、木原孝一、黒田三郎、田村隆一、中桐雅夫、三好豊一郎の七名である。

日本近代文学館の復刻版によれば、第一巻の『荒地』九月号の劈頭は、小林秀雄の従兄弟、西村孝次の「荒地へ――T・S・エリオットにおける詩と批評」である。さらに、鮎川信夫にとっては青春をともに過ごした若き詩人の歴史的な詩である、戦死した森川義信の「勾配」が掲載されている。三号では、西脇順三郎特集が組まれ、詩が四篇と、北園克衛と木下常太郎による「西脇順三郎論」が掲載された。最終の六号には、疋田寛吉の詩と加島祥造のエッセイが掲載されている。

黒田三郎の存在は、田村隆一とともに、『荒地』の事務局をしていた時期もあって、『荒地』同人にとっても鮎川にとっても大きなものがあったにちがいない。その後の年刊『荒地詩集』でも、黒田は事務局を預かっていた時期がある。

かつて、内地での徴兵をのがれるために外地に逃げたと自ら語る黒田三郎は、民間人としてジャワに赴き、現地召集を受けた。鮎川信夫とは同時代に戦争体験があるという意味では同期の桜であったが、そこには、あきらかな戦争体験の違いがあった。加えて当時、黒田三郎は自由民主党の機関紙から「社会新報」「赤旗」にまでも詩を依頼されるという人気詩人だった。

さらには、『列島』にも寄稿しており、『荒地』左派といわれながら、その紳士的な物腰と態度は多くのファンに慕われていた。長身で白髪をなでながら、ベレー帽を丸めて手にもった。通路を抜けて、黒田三郎が演壇に登ると、満場の拍手が沸いた。晩年は、「詩人会議」の委員長も勤めていた。

私も吉本隆明の講演会へは恐る恐る何度か行ったことがある。その場には、満場の拍手というよりも、とてつもなく強い緊張感がみなぎっていた。いったい、この緊張感はどこからくるのだろうかという強い印象があった。そこで難解な思想や考え方が何度も繰り返して語られる様子は、黒田三郎の講演にみられるような聴衆の反応とは、確かに異質なものだった。

加島祥造

加島祥造の横浜の「晩晴館」を訪問した後、ときどき開催される渋谷や日本橋、横浜や時には京都の新門前での書画展にうかがうことがあった。まもなくして、横浜の家は、銀座で店を営む次男にゆずられ、加島は信州の伊那谷の家に籠った。ここで、『伊那谷の老子』（一九九五）、『老子と暮らす』（二〇〇〇）、『詩集　求めない』（二〇〇七）などが書かれた。

伊那谷の駒ヶ根高原美術館で「加島祥造書画展」があるというので、疋田寛吉の弟子たちが集まっている「我流毛筆の会」のメンバーと一泊することになった。

先約が多く、加島先生の自宅に宿泊することはできないので、私は長男が手配してくれた近くのコテージに泊まった。歴史のある寺の奥にある美術館の展示会では、加島先生に差しあげた故郷の

「細川紙」に書かれた書画も展示されていた。加島先生は、ドイツ人の女性が運転する自動車に乗ってやってきた。

いつもゆっくりとお話できなかったが、夕方の暮れどきである。土地のお風呂を紹介されてはいっていると、加島先生がはいってきた。薄暗がりのなかで裸で挨拶するのもはばかられたので、端のほうで湯に漬かっていたが、夕食のとき、「きみは、お風呂でいっしょでなかったかい」と話し掛けられたのが懐かしい。詩人の直観で直覚していたようだった。加島祥造には、詩画集『心よ、ここに来ないか』『大きな谷の歌』がある。『心よ、ここに来ないか』の劈頭の書画は、額紫陽花の水墨画で、私の実家に飾られている。

加島祥造によれば、鮎川信夫と黒田三郎が会うと、いつも言い争いになったという。黒田三郎は東京大学の経済学部で、マルクスを読んでいる。マルクス主義も、ひとつのモダニズムである。一方、鮎川信夫はマルクス主義よりも、全体主義に批判の立場をとる自由主義的なモダニストである。その差異が、黒田三郎の死をめぐる時期の『荒地』の時代的な終焉に重なったのだろう。そこでは、温厚な人柄が身近にいろんなひとを集めていた黒田三郎と日本共産党の「党派」にかかわる「詩人会議」との問題があった。

形としての共同性を失っていた『荒地』は、ひとりひとりが点描の詩人になって、黒田三郎の死とともに終焉したといえるのである。

しかし、石原吉郎、木原孝一、黒田三郎、中桐雅夫が亡くなった後も、鮎川信夫と吉本隆明の交渉史はつづいていた。先に触れたとおり、鮎川信夫と吉本隆明の交渉史の最後の対談は、黒田三郎の死とロス疑惑についての話題であった。吉本隆明は、さらに埴谷雄高と大岡昇平との戦後派への論争をかかえていた。

この論争に関しては、繰り返しになるが、鮎川信夫は兄のように終始変わらぬ立場で、吉本隆明への信頼と擁護を貫いている。思えば、吉本隆明の『高村光太郎』からはじまる詩人の戦争責任論と反核異論については、『『死の灰詩集』の本質』や「戦争責任論の去就」にみるように、鮎川信夫は、吉本隆明のよき読者であり、理解者でもあった。

さらに、「党派」性に敏感に反応する吉本に対して、黒田三郎は、その詩は読んでいたが、評論は余り読まなかったと述懐していた。吉本隆明の構造三部作『共同幻想論』『言語にとって美とはなにか』『心的現象論序説』およびその『本論』は、日本的風土にあっては、戦後の思想家として、他の追随をゆるさない仕事である。

敗者と勝者とでは思想や思考に際立った相違がある。歴史は、勝者によって書き換えられるという通説があるが、敗者のなかからこそ、その矛盾や民族の反映が内在的な「佐幕派」として示されるように思える。「オウム真理教事件」や「原発問題」で批判もあった吉本隆明も戦前のナチズムやベンヤミンとの関係で批判されることもあるアドルノの思想的営為も、同様であろうと思われる。吉本の思想の底流には、戦後を生きていくうえでの「戦争責任論」があり、「思想的自立の拠点」があった。心残りなのは、『思想の原像　大震災・オウム後』(一九九七)に関わる問題である。それまで信奉してきた多くのひとが、「オウム真理教事件」に対する舌足らずの賛辞の説明と、「反核異論」から「福島原発事故」へのこれも事故後、賛否を二分するような原発をめぐる発言によって、離れていったという事実がある。

吉本隆明と母親

　そして、もうひとつつけくわえるならば、吉本隆明と母親との関係である。

吉本は、母親について、語ることがほとんどなかった。唯一、晩年の『母型論』(一九九五)として、遠巻きに語られる母の存在は、吉本にとっての「影《シャドウ》」となっている。長編詩『記号の森の伝説歌』に登場する「母」なるものの姿は、「のぼった物見台《ものみだい》から／武具《ぶぐ》を着《つ》けたものとして／離《はな》れてゆく／ふりかえると　母はもう／自刃《じじん》していた」(『記号の森の伝説歌』「比喩歌」)など、異様とも思えるような被虐性をみせている。

祖父と祖母を連れた父と母が、天草から出てくるときに、母親のおなかのなかにいたのが、吉本隆明だった。吉本隆明がエッセイで書いていることだが、ものごころつくまで、母親に愛された記憶がないという。鮎川信夫にとっての父なるものと母なるものの影《シャドウ》が、吉本隆明にとっては、逆転する立場にあったという推測が可能となる。

鮎川 〔略〕ただ体系的な思想家っていうのは、戦後は吉本隆明以外にほとんどいませんからね。

鮎川 吉本自身はものすごくフリーですね。実際に会って喋ってみても、自分で自分のやったことに、そう窮屈に捉われているという感じはしない。だけど書いたものにはもう、完璧主義的な徹底性があるでしょう。もともと彼はドイツ的な思考法の持ち主だと思うんですよ、大体。

（「戦争について」対談鮎川信夫・鶴見俊輔）

コラムの読者

鮎川信夫の晩年のコラムは、その自由主義的思想によって状況を照らし出すものであり、ビジネスマンだけでなく、現代の資本主義社会の中枢で働く中堅の経営者に対しても、強烈なインパクトで知的影響力を行使していた。

吉本隆明との根底からの差異を探れば、マルクスの影響を強くもちながら、構造主義的な思索原理と詩的直観をもつ吉本に対して、詩的直観から論理を無尽蔵に展開していくのが自由主義者としての鮎川のスタイルだった。

吉本からみれば鮎川の自在の方法に、一種羨望に等しいものをおぼえていたのではないかと考えられる。比較すれば明らかに、流動する「現在」を生きる社会の突端で仕事をするビジネスマンが注目したのは、時代を読む鮎川のコラムだった。

今日、文化のイメージの総体をとらえる吉本隆明の『マス・イメージ論』と鮎川信夫の『最後のコラム』を読み較べてみるならば、時代の状況をとらえた現実性あるいは実効性の軍配は、鮎川にあがるかもしれない。

吉本隆明も、『マス・イメージ論』を、経済の上部構造である市民社会をひとつのイメージとするスタンスで書きたかったはずである。

当時、ボードリヤールの『消費社会の神話と構造』が電通や博報堂の社員に多く読まれていた形跡もある。吉本隆明のボードリヤールに対する関心は強いものがあった。しかし、吉本の構造的な思想と流儀によっては、鮎川の直接性による内在的批評のようには受け取られることはなかった。吉本の読者は、吉本を信奉するひとたちや編集者が主だったのだろうか。だからこそ、吉本隆明からの鮎川信夫への、羨望にちかいものが芽生えたのではないかと推測される。その感情の根底にあるゆらぎは、ふたりの別れをより厳しいものにせざるをえなかった。日本近代史でいわれる、権力から遠いが故の左翼陣営の猜疑とドグマによる分裂、「党派」性のもとでの反目と論争、裏切りや除籍は、思想史の裏面をかざるものである。ふたりの別れもその一幕というべきだろうか。

吉本隆明は、論争によって世に出てきた評論家である。鮎川の「コラム」は、そうした意味では、吉本隆明を羨望させるに足る量と内容だった。脱詩発言後の鮎川の現実の仕事と、書くことに職人の生き様をみせる鮎川の「コラム」を書く仕事としてのリアリティの双方を考えてみたい。死後まとめられた『最後のコラム』(一九八七年三月)、『詩集　難路行』(一九八七年九月)、『評論集　すこぶる愉快な絶望』(一九八七年十月)、『私の同時代』(一九八七年十一月)のなかで、鮎川信夫の晩年の実像を考えてみる。

当時、吉本隆明は、『最後の親鸞』(一九七六)以後の「人間」の考察から「構造主義者」としての転身があり、自身も糖尿病を患っていて、思うようなものが書くことができなかった時期であり、羨望というよりは、自らに焦りに似たものを感じていたのではないか、と『吉本隆明論』を書いている文芸評論家の吉田和明は指摘している。

仏教との距離

鮎川　そういう仏教への関心、といっていいかどうか、親鸞への関心ていうのは、ずいぶん若いときからあった?
吉本　そういうふうに言われちゃうと、子どものときからありました。［略］それは自分の家が浄土真宗ですから、それも非常にわかりやすいわけです。子どものとき、たとえばお祖父さんが死んだ、お祖母さんが死んだ、そうすると全部わかんないけども、わかることは、朝には紅顔の少年が夕べには白骨となると、それは子どもにもわかるわけです。
鮎川　御文章ね。そういえば、うちのおふくろも毎日やってた。ぼくも子どものころ坐らされてさ、聞かされたわけよ。正信偈から始まって、その白骨の御文章ってのがトリでね(笑)。毎日聞かされるから、暗誦しちゃっているんですよ。あれは名文だし、非常にイメージもはっきりしてるしね。

（「意志と自然」対談鮎川信夫・吉本隆明）

浄土真宗本願寺派の『日常勤行聖典』によれば、御文章とは「帰命無量寿如来　南無不可思議光　法蔵菩薩因位時　在世自在王仏所」（正信念仏偈）にはじまり、「されば朝には紅顔ありて夕には白骨となれる身なり」（御文章「白骨章」）で終る日常の勤行である。この「おつとめ」の形式を発案し、制定したのは、浄土真宗の中興の祖といわれる室町期の蓮如（一四一五―一四九九）である。五木寛之に『蓮如――聖俗具有の人間像』（岩波新書）という一般に流布した本がある。蓮如が北陸で布教をはじめるころは、さまざまな宗教が入り乱れていた。「古くから聖地として尊崇されてきた白山系の信仰や、それと結びついた天台の寺、また時宗や、曹洞宗などが複雑に混在しており、さらに同じ真宗の系譜においても、初期から本願寺とつよい対立関係にあった高田派、そして越前ではことに三門徒派といわれる独自の宗派」があった。蓮如は、越前の吉崎（現在の福井県金津町）に、布教の根拠地を置いた。

鮎川信夫の実家は、こうした白山信仰と本願寺派の強い地域である。

「私の家は、両親とも門徒宗の出であるから、親鸞の名は、子供の頃から親しいものであった」(『思想と幻想』「読者へ——確認のための解註」)と書く鮎川信夫は、傷痍軍人療養所にいたころ、『歎異抄』をはじめとする仏教書やキリスト教関係の本を読んでいた。それだけではなく、日本浪曼派、特に保田與重郎の『芭蕉』や小林秀雄の『ドストエフスキーの生活』、早稲田大学の友人から送ってもらった津田左右吉の戦前に発禁となった研究書も読んでいることはすでに書いた。

吉本隆明の『最後の親鸞』以後、『論註と喩』(一九七八)が上梓される。

そこには、親鸞が抱えた思想的、日常的問題と、「喩としてのマルコ伝」とが、まるで、「一身にして二生を得る」ように論ぜられている。宗教学や仏教学に少しでも関心があるひとであるならば、仏教だけでも、あるいはキリスト教研究だけでもたいへんな質と量であることがわかるはずだ。それを、思想的等価として平行して論ずることのできる深遠を吉本はもっていた。

「生きよ」という声

吉本隆明は、「全否定の原理と論理」以後、鮎川信夫の弔辞「別れの挨拶」につづく『ハイ・イメージ論Ⅰ・Ⅱ・Ⅲ』(一九八九、一九九〇、一九九四)と、一度もその実像に触れる文章を書かなかった「母なるもの」を構造主義的に俯瞰した『母型論』と、一九七二年前後の社会状況と変動を契機として書いた『わが「転向」』（一九九五）を上梓しただけである。

すでにバブル景気は崩壊（一九九一）し、一九九五年の戦後五十年というひとつの節目に際して、阪神淡路大震災と、オウム真理教事件（地下鉄サリン事件）に遭遇していた。

そのとき、戦後の鮎川信夫の「橋上の人」の詩章のひとつがよみがえってくるのだ。

誰も聞いていない。
この喧騒の大都会の
背すじを走る黒い運河の呻きを――
あなたは聞いた。
氷と霜と蒸気と熱湯の地獄の苛責に
厚くまくれた歯のない唇をひらき
溺死人が声もなく天にむかって叫ぶのを……
「今日も太陽が輝いているね
電車が走っているね

煙突が煙を吐いているね
犬は犬のなかで眠っているね
やがて星がきらめきはじめるね
だけどみんな〈生きよ〉と言いはしなかったね」

(『鮎川信夫全詩集』Ⅰ 1946-1951「橋上の人」)

「生きよ」とは、宮崎駿監督のアニメ映画「もののけ姫」のひとこまで叫ばれる言葉である。主人公は、こちら側にふりむくなり、「生きよ」と語った。全編を通じて流れる、環境問題への批判と生命を讃歌する主人公の言葉だ。ここには、戦後五十年が過ぎた時代のなかで、鮎川信夫の詩に影響を受けた世代のひとりの製作者による、脱イデオロギー的な若者たちへのメッセージがある。

そしてこれこそが鮎川信夫がうたった、現代社会に流通する唯一といってよい詩《うた》のフレーズである。「また明日　お会いしましょう　もしも明日があるのなら」(「もしも　明日があるなら」)や、「生きよ」の詩的タームは、戦後を生きてきた遺言執行人としての鮎川信夫のマスコミに流通した唯一で最後ともいえる、詩の文脈に引用された「詩的言語」であった。

バブルの崩壊

一九八九年のソビエト連邦の解体と一九九一年にはじまるバブル経済の崩壊は、いたるところで、影響をみせていた。こうした変動のなかで、イデオロギーの終焉の時代があり、また浅田彰現象などの表層的な時代の終焉がある。

逆に、同じくニューアカデミズムの旗手である、中沢新一の『チベットのモーツァルト』（一九八三）は、仏教を中心とした、言葉が形骸化している宗教学を現代思想で言い表そうとしたものである。仏教思想は、基本的に相対論である。構造主義以降のフランスを中心とする現代思想も、相対論として考えることができる。

すでに、前衛と後衛も、革新と保守も、歴史主義と反歴史主義という言葉も死語となってしまった時代の幕があがっていた。

内地へ帰ってから今日迄の私を最も強く捉えたのは「歴史」である。我々はどのやうに歴史へ帰ってゆかねばならないのだろうか。歴史へ帰るとは、何も過去への郷愁ではないし改悔的な如何なる意味をも含むものではない。私の言ふ「歴史へかへる」とは、よりよく自己へかへるということに外ならぬのである。〔略〕〝荒地〟が常に永久に〝今日であるところのもの〟に執着することによって、却って歴史は真にその意義と特徴を現すのである。

（『鮎川信夫戦中手記』「歴史へ帰る　自己へ帰る」）

このように、鮎川信夫は、戦前から持続する『荒地』の意義について、書いている。帰るべき歴史は、戦前、一九二〇年代であり三〇年代だった。

一九二〇年代から一九三〇年代の後半の間、ドイツでは、皇帝を廃し、あれほど理想にむけた民主主義体制をめざしたワイマール国家でも、中道の社会民主党は、右翼のナチスと左翼の共産党の両翼から激しい攻撃を受けていた。

いったんは共産党と連携したものの、第一次大戦後の経済不況と言語を絶する混乱と不本意な停滞のなかで、政治に見切りをつけたドイツ大衆は、国家社会主義的施策で訴える右翼のナチズムを第一党に選んだ。そこには、全体主義と共産主義の狭間にあって、東西の自由主義がうけた桎梏と運命があった。理想社会を支えるものは、全体ではなく、個であるとするアドルノは、アニミズムがまねいた「権威主義的パーソナリティ」による野蛮を生み出した「同一性原理」を批判する。ユングは、ナチスの運動をゲルマン神話の暴力の神ヴォータンや戦士のベルゼルカーの再来とみた。そして、「ヒステリー」となったヒトラーによって、大衆は、「集団ヒステリー」にかかっていると臨床的見解を述べている。

ナチスの攻撃は、一時支持率三〇パーセントをこえた共産党に、激しく矛先をむける。それは、全体主義による悲劇と廃墟への歴史の階梯のはじまりだった。鮎川たちの青春像は、こうした東西の政治状況のなかで、戦争へと旅立つことになる。

戦後七十年の間、敗戦による大きな反省という機軸が働いてであろうか。政治・社会の内的な矛盾や葛藤をもちながらも、戦争のない平和の時間が過ぎていた。戦後と平和と自由主義とが、市民社会の遺産となっている。鮎川の自由主義的立場には、そうした市民社会の戦後の過程をしめすひとつの評価があるともいっていいだろう。新保守主義をめぐる議論や、『柔らかい個人主義の誕生』（一九八四）や『近代の擁護』（一九九四）などの山崎正和の議論があり、特に、ベルリンの壁が崩壊した後で、フランシス・フクヤマの民主主義と市場経済に力点をおいた『歴史の終わり』（一九九二）は、自由主義者の鮎川のたどりつく状況認識に近いものがあると思われる。

いま、資本主義が行き詰まり、民主主義が後退し、かつての第一次大戦と第二次大戦の間の「戦間期」の状況に、国際紛争が頻発する現在の時代層が似てきているといわれている。そこに、自由主義の危うさもある。戦争反対はゆずらない吉本隆明も、新保守主義や新自由主義に深く入り込む鮎川に対しては、暗黙の批判があったのかもしれない。

晩年の鮎川信夫の詩は、戦前のモダニズムと抒情の詩風の融合するスタイルである。詩のタイトルには、「形相」の詩のように、戦前の四篇と同一のものもある。

歴史とは何か

戦後の「近代主義」という動きがあったからこそ、「近代主義批判」がある。『コギト』や『日本浪曼派』や『文芸文化』や『四季』といった日本的なロマン主義や抒情詩の活動があったから、戦後の「浪漫主義」批判があった。

『詩と詩論』『新領土』など、戦前のモダニズム詩の運動によってこそ、それらへの「詩の身体性」による限界と批判も、戦後詩のうえに可能となったのである。

過去や前世代の否定によって歴史は成立する。そうした宿命を歴史はもっている。「詩人は、自覚の極点において歴史を意識せざるをえない」（「現代詩の機能」）と鮎川信夫は書いたが、過去と前世代の「歴史」の再評価もまた、未来にむけての「歴史」の動向とともに事実であった。

そして、詩における「モダニズム詩」や「プロレタリア詩」や『四季』派の歴史の見直しは必要であるが、単に復活すべきだというべきではないだろう。さらには、「短歌的抒情（リズム）」の歴史の見直しも必要であるが、これも同様に復活ととらえるべきではないだろう。

問題は、伝統よりも口語自由詩が本来大事としなければならない、詩の優位性の問題である。

詩は、詩人を自由にする。詩を書くことで、詩人は自由になる。詩人は、心底から、精神と生活の自由を欲したことがあるのだろうか。それを得るためには、本当にこころの魂の奥で満足する詩を書いているのだろうかという、切実な問題である。

現代詩の特徴をあげるとなれば、いやおうなしにモダニズム詩とプロレタリア詩とをあげなければならない。しかしどれが重要であるかをあげるとすれば、おそらく、社会から疎外された不定職インテリゲンチャの詩にとくに著しい多義性と混沌性とともに、「四季」派が掘りかえし再編した庶民大衆の伝統的自然概念をあげなければならないとおもう。わたしは、この二つは現代詩のウル・グルントとして二律背反の関係にあるとかんがえる。

円環をえがいて合流する関係にあるともかんがえる。

（吉本隆明『戦後詩史論』）

「モダニズム詩」「プロレタリア詩」『四季』派の影響下に、鮎川信夫が生きた時代があった。ここで、『四季』派の「伝統的自然概念」との糸をたぐりよせてみる。

繰り返すことになるが、鮎川信夫の父は、白山信仰の故郷で両親共に浄土真宗の家系に育った。加賀市の柴山潟から望む白山連峰、岐阜県の白川村から望む白山連峰、石川県の白峰村から望む白山連峰が、いつでも鮎川の心のなかにそびえている。

東京では、父とともに寺に間借りしたり、青少年の強化運動に加担する雑誌を発行したり、骨董商のような仕事にも携わったり、新興宗教の権化のような父との生活さえもしていた。

こうして「般若心経」や「阿弥陀経」を墓前で唱えることは、「砧」の声のようなものである。なにやら、鮎川信夫の墓参といっても、本当は鮎川本人だけではなく、詩人の父や母にむかうものであって、そのひとたちだけが喜んでいるのかもしれなかった。鮎川信夫が、おいおい俺のための墓参ではないのかとぼやいて、苦虫を噛み潰した顔がみえるようである。

若き日に田村隆一と生活し、この墓を建立した妹の小林康子も、小説を贈ってくださったりして、甥の上村研を紹介いただいたが、ゆっくりとご挨拶できないまま、先年逝去された。

第十章　残されたもの

「社会の複雑さに反抗していない様な人間も文学も、僕は信用する気になれない」と、小林秀雄は「川端康成論」（一九四二）のなかで書いている。

小林は、一九二七年七月の芥川龍之介の自殺に大きな衝撃を受けた。「芥川龍之介の美神と宿命」（一九二七）という芥川論は、「様々なる意匠」（一九二九）とともに、その小林の評論家としての出発を飾るものである。

『荒地詩集　1958』では、吉本隆明の「芥川龍之介の死」と題する芥川龍之介に関する詳細なエッセイが掲載されている。一九二〇年代の芥川文学の存在は、後への影響がそれほど大きなものであった。

そうした出発をした吉本隆明の仕事の一九七〇年代から一九八〇年代の初頭の方向性、志向性と比べてみると、鮎川信夫は浅田彰やボードリヤールなどに典型にみられるポスト・モダンの時代に足をかけ損ねた感があった。

しかし、大きな物語の状況から流動を思想の根幹とする相対化と細分化の波が過ぎ去ったいま、残された鮎川信夫の詩の魂は、どのような風姿としてみえてくるだろうか。

鮎川信夫は戦前と戦後の詩作を通し、自由主義的なモダニズムとして一貫していた。戦前から戦後へと歩んだ、ひとりの詩人がひきうけた航行する病院船は、脱イデオロギーの時代のなかで、リベラリズムとしての形相と質料の内実を歩んでいた。

鮎川がつむいだ詩群は、かわらない詩の形相という不易の優位性を目指すものであったのかもしれない。しかし、時代を超えて内的に通底する、あらたな抒情詩の形相がみえてくるのも、鮎川の晩年の詩群である。

時代は、戦後からはるかに過ぎ去ったのだ。このなかには、戦後七十年のあいだ、みんなが皆、みてみないふりをして過ぎてきた日本の文化が、あまりにも多くあったのかもしれない。

戦後を遠く過ぎて

はたして、一九四五年の八月十五日の敗戦は、どのように日本人に反省をせまったのだろうか。そのことを考えてみると、それぞれの自省は、さまざまな戦後にあって過度な反省ともなっていた。そこには、過度なナショナリズムへと戦争期に収斂していった多様な日本文化それ自体の諸相への反感もあったにちがいない。その反感に対する『日本浪漫派』や『四季』派に対する反省とも深い関係があるのかもしれない。

たとえば、白洲正子の「古寺巡礼」による日本文化の深層を探る「神仏習合」への旅などは、戦後的な文脈からすれば、和辻哲郎の『古寺巡礼』(一九一九)や亀井勝一郎の『大和古寺風物誌』(一九四三)などへの反省から、堀辰雄の一連の軽井沢を舞台とする小説群や日本の古典から『大和路・信濃路』(一九五四)へとたどる世界と同様に、一部のひとを除けば別の現実かとおもわれるほど問題にされない時期があった。

しかし、団塊ジュニアの世代をはじめとして、若者たちは、立ち位置としての「個」や「拠点」といった、戦後がきづいてきた批判からまったく切り離されたところで、ポスト・モダンの時代を脱領域的なスマートフォンとともに通過してゆく。これらの本を今は、いわばライト・ノヴェルのように、映画「風立ちぬ」とともに読んでいるのだ。

二十一世紀となり、新たな世界像の枠組み（中国やイスラム国の台頭）や市民社会の内実（夫婦関係、親子関係、少子高齢化、地方の過疎化、商業インフラ、テロと移民問題）があらわれるなかで、都市そのものと都市の抒情をめぐる、あらたな詩学の痕跡が鮎川の作品にはみえる。

農村から都市へと出てきた詩人たちによって、必然として都市のモダニズムは喚起されたが、都市と農村は対立、矛盾しつつも、交通の発達によって近いものになってしまった。かつての農村主体のリリシズムも、都会主体のモダニズムも、ポスト・モダン的な相対性のなかで、個が浮遊するような未来の詩のことばと声に、吸収されている感がする。まことに、錯綜とした新たな経済人類学的都市の光と影のなかに、今日では詩を生成しなければならないのである。

鮎川信夫の詩が似合うのは、銀座や原宿のシティでもなければ、新宿や渋谷の街でもない。まして、上野や谷中の下の町ではないだろう。

私は、鮎川のモダニズムの詩が似合うのは、東京駅だと思っている。背景にツインタワービルの聳える赤レンガ造りの東京駅、それはオフィス街やカフェテラスやレストランなどによって、あらたな時代の複合した街の景観を現出している。辰野金吾の設計による大正期の東京駅が、近年、当時の赤とグリーンの姿に復元された。東京駅が建ったのは、一九一四（大正三）年のことだ。

戦争で被災し、屋根を修復した赤煉瓦の東京駅は、アムステルダムの赤レンガの中央駅に似ているが、その残像が、私たちの知っている東京駅である。鮎川信夫は、当然ながら、戦前の東京駅も戦後の東京駅も知っている。

モダニズムを潜った鮎川信夫の詩は、まことに大きなナラトロジーをもつスケールの詩である。マテリアルな都市とその風景を、言葉という「引用素」によって再現する精神の抒情に置き換えて映し出している。いま、東京駅に、自動車に乗った鮎川信夫のモダニズムの詩が遭遇する。窓からみえるモダニズムの抒情は、新装成った赤煉瓦の東京駅の色とかたちを反照する詩的世界に限りなく似ている。

都市に生き、都市の抒情を奏でる鮎川信夫が翻訳した作品には、ジョン・アップダイクの『アップダイク作品集』(一九六九)、ヘミングウェイの『女のいない男たち』(一九八二)、エラリー・クィーンの『Xの悲劇』『Yの悲劇』『Zの悲劇』(一九五六―六〇)、ウィリアム・バロウズの『裸のランチ』(一九七二)などがある。極めつけは、『シャーロック・ホームズ大全』(一九八六)である。そのほかにも、二宮佳景というペンネームによる多くの翻訳がある。

鮎川と吉本の初期の交渉史では、会社をはなれ、新婚の生活に困窮していた吉本に翻訳の下訳を依頼していたのが鮎川だったという。そして、吉本が「荒地賞」を受賞したのも、鮎川をぬきにしてはありえない。先に書いた「高村光太郎論」然りである。だから、そこでは、吉本隆明の鮎川信夫に対する信頼感はたいへん強いものだった。そこにふたりの別れという結び目をほどく糸口があるだろうか。

一九五三年の秋、『転位のための十篇』という吉本の戦後二冊目の詩集に魅せられた私は、著者に会ってみたいという強い誘惑にかられた。その旨を連絡すると、折り返し著者からあらかじめ知らせてもらえれば在宅しますという返信があり、自宅と勤め先の研究室のかんたんな地図が付してあった。私はさっそく、その自宅の地図を懐中にして、別に予告もせずに、吉本が勤め先から戻りそうな時刻を勝手に推察して訪問してみることにした。

（鮎川信夫『固窮の人』）

かれは際立った個性をふりまくわけではない。とくに鋭利な論理でじぶんをそば立たせるのでもない。また粘液質な感覚で、ひとびとを強制してしまうのでもない。そこにかれが存在するというだけで、すでに複数の人間を綜合した何かを発散する。鮎川信夫はそういう文学者のひとりだ。

（吉本隆明「鮎川信夫論——交渉史について」）

鮎川信夫と吉本隆明の交渉がはじまったとき、それぞれの書いた詩は、「戦後詩」として位置づけられるものになった。けれども、鮎川にも吉本にも、戦前から戦中に書いた詩がある。その意味で、ふたりの若い頃の詩作が議論されるのだが、鮎川信夫の戦前の詩を読むことは、いまだ十分ではないのではないだろうか。

たとえば、戦前の詩のなかには、四篇の「形相」という詩や「天使」が出てくる詩がある。天使は、神と人間の中間の存在である。詩のなかに定着された水平の時間から垂直にたちあがる時間は、天使によってもたらされる。それが、『荒地』的戦後詩である病院船で水平線の世界を覗き込むことになった文学空間である。私たちの生命のアイオーン（抒情のポエジー）が、時空の抒情詩になる。田村隆一の詩の形象も、都市とともに、この垂直と水平軸の詩に晩年に至るまで、こだわっている。

同じく、「亜細亜」の一部と副題のついた「花」「河」「頌」の三篇の詩がある。「ジャンクの帆」「煤けた町」「黄色い河」「阿片の軽艇」「機関銃」「焦げたパンの匂い」「煙のつまったパイプ」などの、日中戦争当時の時代の影響とも思える言語は、単に戦前モダニズム詩という範囲を超えて、スマトラから病院船で帰還するマニラやサイゴンの港の船の窓からの風景が既視感によって語られるような、東アジアの問題と隣接している。横光利一の『上海』での体験がなければ、ヨーロッパの見聞による『旅愁』はなかった。

鮎川の詩の読み方のひとつの偏向とはいわないまでも、気をつけるべきことがある。戦時中、小林秀雄も川端康成も満州を訪れている。草野心平も堀田善衛も、中国の南京や上海や杭州に住み、仕事をしていた時期がある。だが兵士となる前に、鮎川信夫が中国や朝鮮に行ったという話は聞いたことがない。

ソビエト連邦の解体によって、イデオロギーの時代は終焉した。とはいえ、現実の国と国同士の軋轢や摩擦は依然として存在する。特に、中国や朝鮮半島を巡り、東アジアの問題を無視しては、戦後の問題を片付けることはできないだろう。若き日に自らの運命を予感する、海や水平線の詩を書いた鮎川信夫は、戦時中に病院船で南シナ海と黄海を渡った。黄海のうえでみた風景が、病院船からみた残余の光景として眼に焼きついている。詩は絶えず、時代とともに読み返される可能性に開かれている。

戦後、改作によって長編詩となった、鮎川の渾身の詩作「橋上の人」には、そのことを物語るポエジーがある。

橋上の人よ、
美の終りには、
方位はなかった、
花火も夢もなかった、
「時」も「追憶」もなかった、
泉もなければ、流れゆく雲もなかった、
悲惨もなければ、栄光もなかった。
橋上の人よ、
あなたの内にも、
あなたの外にも夜がきた。
生と死の影が重なり、
生ける死者たちが空中を歩きまわる夜がきた。

あなたの内にも、
あなたの外にも灯がともる。
生と死の予感におののく魂のように、
そのひとつひとつが瞬いて、
死者の侵入を防ぐのだ。
橋上の人よ、
彼方の岸に灯がついた、
幻の都会に灯がついた、
運河の上にも灯がついた、
おびただしい灯の窓が、高架線の上を走ってゆく。
おびただしい灯の窓が、高く夜空をのぼってゆく。
そのひとつひとつが瞬いて、
あなたの内にも、あなたの外にも灯がともり、
死と生の予感におののく魂のように、
そのひとつひとつが瞬いて、

そのひとつひとつが消えかかる、
橋上の人よ。

（『鮎川信夫全詩集』Ⅰ 1946-1951「橋上の人」）

戦前の否定と喪失から戦後の人間存在を実存のポエジーとして形象しつづけた、鮎川信夫の時空を描いた全詩作を丹念に読み解くことが、戦後七十年を過ぎ、戦後からはるか遠くへだたってしまった時代のなかで、いまおこなわれる。その時、「戦後なるもの」や「父」や「母」や「姉なるもの」を括弧にいれてみえてくるものこそ、都市に寄り添った時代の精神が抒情による詩を風景のなかに描いているアイオーンであり、これらの詩が開示する詩の方法に、詩の可能性のひとつがあると思われる。

思えば、戦後詩の終焉がつげられて久しい時が過ぎた。

二〇〇一年の九・一一以後の国際状況の変転も、新しい時代が幕を開けたという感がする。こうしたなかで、鮎川信夫の詩の総体から、何を取り出すことができるだろうか。特に晩年の詩には、人間の人生の午後三時にある隠された記述のなかに、独自の抒情が奏でられている。

もう一度、鮎川の戦後の根源に向けたポエジーを読んでみよう。

いつも季節は秋だった、昨日も今日も、
「淋しさの中に落葉がふる」
その声は人影へ、そして街へ、
黒い鉛の道を歩みつづけてきたのだった。

埋葬の日は、言葉もなく
立会う者もなかった
憤激も、悲哀も、不平の柔弱な椅子もなかった。
空にむかって眼をあげ
きみはただ重たい靴のなかに足をつっこんで静かに横たわったのだ。
「さよなら、太陽も海も信ずるに足りない」
Mよ、地下に眠るMよ、

きみの胸の傷口は今でもまだ痛むか。

（『鮎川信夫全詩集』Ⅰ 1946-1951「死んだ男」）

甦る悲歌の抒情と魂の痕跡《アイオーン》こそが、鮎川信夫の描いた詩学であると位置づけたい。その魂には、明らかに、マテリアルのものへの志向性と、人間としての「倫理的なもの」が核として存在した。「倫理的なもの」とは、『荒地』派の詩人たちが一様に共有した、戦火のなかでみつけた自由主義的なものであり、彼らの父親たちの世代がもっていた、明治以降の日本人を根幹で支えていた精神である。その一例をあげてみよう。彼らの書いた手紙の文章は、すべて、きちんと書かれている。そこには、時代を継承する前世代からの教育があった。その分、ひとりひとりの詩人の生は、ばらばらのようにみえたかもしれないが、詩作における共通する、みえない影響を相互に与えていた。

　この論点を抜きにして、鮎川信夫と『荒地』の詩人の共同性も、前世代からつづく詩学の系譜に連なる北原白秋や立原道造、中原中也や三好達治の短歌的な感性やリズムを持続した詩世界との架橋はありえない。さらには、モダニズム詩を継承する戦後詩から、無意識的世界が言語の孵化作用（ランガージュ）と重なって社会化（ラング）と個性化（パロール）の言語論的生成と解釈の対象となった現代詩への架橋もないであろう。

夏の海

中原中也や三好達治、堀辰雄と交流があった小林秀雄は、詩誌『四季』の初期に、ヴァレリーの翻訳を掲載した。中原中也に、『四季』に詩を書くことをうながしたのも、小林である。そこには、西洋と日本が入れ子細工のように混合しつつも、例えば、堀辰雄の文学のように、コクトーやラディゲ、そしてリルケとプルーストやモーリアックが、『更級日記』や『伊勢物語』、折口信夫の『古代研究』の影響によって、もろもろの形式や過去の禁制さえも突破する西洋と日本の古典の融合という不可避性が要求されている。

実母と婚約者の死に対峙する堀辰雄、「女は成熟する場所」から奈良へと出奔する小林秀雄。詩人にとり、書く（詩の書記行為）ということは、いかなる体験にもまして、「詩的な絶対的契機」の問題である。

鮎川信夫の存在と詩は、現代の詩人にとってどんな存在であるのだろうか。いまいくつかの鮎川信夫論を探っても、詩の意味の回復や戦後詩の言葉の発露と定着といった言説からこえられてはいない。そこには、吉本隆明の『戦後詩史論』（一九七八）や『詩学叙説』（二〇〇六）、小野十三郎の「短歌的抒情に抗して」に提出された問題が、基本的な枠組としていまだに存在するといってよいだろう。そしてその問題を、時代の相対性や詩の相対性として、軽々と論じて、飛び越えることはできない。

吉本隆明という名前を知ったのは、堀辰雄や立原道造が好きだった高校時代の友人から、「『四季派』の本質」という文章の事を聞いたのがはじめであった。大学に入ると、埴谷雄高との対談集『意識・革命・宇宙』や『思索的渇望の世界』、『最後の親鸞』などが出版された。後年、「現代詩のはじまり」で、私は吉本隆明の詩について、何故、天草からそう遠くない諫早の詩人伊東静雄について論及しないのかという旨を書いた。そして二〇〇一年の二月号の『文学界』、「詩学叙説——七・五調の喪失と日本近代詩の百年」が発表された。そのなかで、吉本は伊東静雄の詩を引用していた。詩に関する五十年代後半から六十年代前半の論考に、その論考を含めた『詩学叙説』が刊行されたのは、二〇〇六年のことである。この本も、縁あって、週刊読書人に、書評を書くことになった。そのようにして、ひとはひとと結ばれてゆく。

文士の交流ということでいえば、かつて病で先が危ぶまれた河上徹太郎を招いて、小林秀雄との対談（『文学界』一九七九年十一月号）が開かれた。「歴史について」と題し、小林秀雄が河上徹太郎の評論の業績について聞きながら進行するものであった。ふたりの「友情の還暦」は文字通り六十年の交友に彩られた交渉史である。

『本居宣長』（一九七七）を書き終えた小林秀雄は、『吉田松陰』（一九六八）を書き終えた河上徹太郎に対して、「あなたこそ評論家であり、私などは、それに比べると、詩人みたいなものです」と常々語っていたことを繰り返した。

『荒地』の詩人たちの交流は、どうだったのだろうか。

二〇〇〇年に加島祥造編『寄友』が上梓された。「三好豊一郎が亡くなって六年が過ぎた。いま、私は既作の詩に未発表の詩を加えて、これを編んだ。これは彼を追悼するものであるばかりでなく、これによってふたりの間に生動した心のリズムを、明らかならしめたかったためである」と加島祥造は、「あとがき」に書いている。

アーサー・ウェーリーの「友について」という訳詩にはじまる詩集は、加島祥造と三好豊一郎の碁をする写真や三好自身の「寄友」の詩その他と、加島祥造の三好にささげる詩が網羅されている。さらには、三好豊一郎の「鬼灯」「枯野抄Ⅱ」「黄葉落葉抄」「椿と雀」の書画、加島の「駒ヶ根の遠望」「あの時の二人とは（伊那谷）」というタイトルのついた書画がつづく。

最後の絵は、「冬の明るい部屋で」と題された加島祥造が描いた三好豊一郎の「デスマスク」である。

ものの芽のほぐれてゆくやわらかい
夜の雨のなかを　われわれは
歩いた　黙って　それぞれに
語りがたい人の世の機微を抱いて
おしゃべりは気休めにすぎぬと感じながら
ぬれた空には地上の繁栄があかく映え
シュプレヒコールの唸る声が遠くきこえた
急ぐ人影に追いこされるままにゆっくりと
歩いた　黙って　われわれには
しゃべりあうことはことさらないから
おれは六十二歳　きみは五十九
声ならぬ声が充満し
きこえぬ暗号がとび交って
熟れてゆくのか腐ってゆくのか皆目わからぬ

鵺《ぬえ》さながらの春の夜空は
おたがいの人生そのものじゃないか

（『寄友』「消息／三好豊一郎」）

吉本隆明が、伊豆の土肥海岸で水難にあったのは、鮎川信夫と別れてから十年の歳月がたった、一九九六（平成八）年の八月のことである。土肥は、戦後詩人の石原吉郎の生まれた町だった。その後の作品には、編集者の要請によりタイトルがきめられた『遺書』（一九九八）と雑誌『試行』（一九六一―一九九七、全七十四冊）の直接購読者用に書かれた『アフリカ的段階について』（一九九八）がある。当時の吉本隆明の『母型論』が、『父の像』（一九九八）とパラレルに、あるいは構造的な視点で書かれたという確証は残念ながらない。

アニムスすなわち「父なるもの」との格闘による生命のエネルギーの備給についていえば、鮎川信夫も北村太郎も、戦中から偉大なオイディプスをかかえたフランツ・カフカの作品に早くから関心を寄せていた。それだけ、明治に生を受けた父親との親子関係は、強いものがあったということだろう。彼らの教育水準は、その真っすぐに書かれた手紙の筆跡からも容易にうかがえる。鮎川信夫の『戦中手記』や北村太郎の実筆の手紙などからうかがうことのできるペン字の筆跡の確かさは、そうした家庭を含む教育水準と関係があったように思える。

吉本は、毎夏、伊豆の海岸で泳いでいた。

有楽町の読売ホールでは、毎年、「日本近代文学館」主宰の「文学セミナー」が開催されていた。吉本隆明は、腕をまくりながら三時間、休みなく、宮澤賢治の「グスコーブドリの伝記」について語ると、鞄も本ももたずに、海水パンツを入れた袋だけを白いジャケットの右肩に抱え、駅へむかった。その先は、伊豆の土肥海岸の定宿である。その日も、そのようであったろうか。

吉本の父親とその一家は天草から上京した。天草から出てきた祖父も両親も、築地本願寺の和田堀廟所の天草廟にある。「吉本家之墓」とだけあり、墓石に法名はない。幼い頃から仰向けになって、空と太陽をみながら、月島の海に浮かんでいたのだ。

そして、あの終戦の報を聞いた日、北陸の魚津の海に飛び込むと、身を空へと反転させ、青い空を眺めながら、涙を波でふいた。

敗戦の日、わたしは動員で、富山県魚津市の日本カーバイトの工場にいた。その工場には、当時の福井高等工業学校の集団動員の学生と、当時の魚津中学校の生徒たちがいた。わたしは天皇の放送を工場の広場できいて、すぐに茫然として寮へかえった。何かしらぬが独りで泣いていると、寮のおばさんが、「どうしたのかえ、喧嘩でもしたんか」ときいた。真昼間だというのに、小母さんは、「ねてて なだめなさえ」というと布団をしき出した。わたしは、漁港の突堤へでると、何もかもわからないといった具合に、いつものように裸になると海へとびこんで沖の方へ泳いでいった。水にあおむけになると、空がいつもとおなじように晴れているのが不思議であった。そして、ときどき現実にかえると、「あっ」とか「うっ」とかいう無声の声といっしょに、恥羞のようなものが走って仕方がなかった。

（吉本隆明「戦争と世代」）

その日は、七月下旬の暑い日であり、京王線の明大前で私は吉田和明と待ちあわせた。駅前のコンビニで、大きなペットボトルの水を買い込むと、築地本願寺別院の和田堀廟所までの道を歩いた。明治大学から廟所に隣接する場所まで、木陰が繋っている。入り口に、碑が立ち、大きな門になっていた。

佃墓所という墓域名と樋口一葉の墓の近くということを頼りに、墓所に這入っていくと、樋口一葉の墓はすぐにみつけることができた。気温は三十六度をこえる。額から滝のように汗が流れる。墓はどれも太陽の光を浴びて光っている。

吉本家の墓はなかなかみつけることができない。それほど大きくない白っぽい吉本家の墓碑は、太陽の光で判読することができなかった。あたりを二周したときである。

周囲の空間がすこし開けたところに、墓はあった。「吉本家之墓」とだけの墓碑銘だ。横にも、後ろにも、何も書かれていない。ただ、墓所を整備した痕跡がある。すがすがしい墓である。線香を焚き、水をいっぱいお墓にささげ、般若心経と観音経と阿弥陀経を汗だくになって唱えた。

そうして温かくなったペットボトルの水を分けて、一路、駅に戻る。京王線の特急で、新宿まで出た。そして、都営大江戸線に乗り込み、鮎川信夫の墓のある麻布十番の寺まで、ペットボトルの水を飲みながらむかう。

土肥の海でも、吉本隆明は仰向けになって、夏の空と太陽をみていたのかもしれない。

「生きよ」という小さな声が、どこからともなくした。

いまごろ、鮎川さんはどうしているだろうかなあ。

と。しばらくして、体が冷えて動かなくなり、危険を察知した吉本は、堤防の端へむかおうとしたまま意識を失った。

いまごろ、鮎川さんはどうしているだろうかなあ。

ふたたびこだまのような「砧」の声を、自らの耳の奥に聞いた。

朦朧とする半意識の底で、また明日、お会いしませうという声がつづいていた。

エピローグ

本書は、足掛け五年にわたって書かれた「鮎川信夫論――鮎川信夫の魂の出発と都市の抒情を歌うアイオーン」（詩誌『交野が原』六十九―七十七号、二〇一〇―二〇一四）に推敲を重ねたものである。左右社社主と若き編集者の東辻浩太郎氏のご協力を経て、さらにかなりの加筆訂正と明確な編集が施されて成立した。私にとって、ひとりの文学者（詩人）を対象として書いたものがまとめられるのは、初めてのことである。

今日、「戦後詩」について、石原吉郎や吉野弘を中心として読み直しがはじめられている。戦後詩を理論の上からも詩作の上からもリードした鮎川信夫についても、北川透や牟礼慶子の著作をはじめとして、同じように読み直されている。

鮎川信夫について書くことは、最初に思潮社社主の小田久郎氏に慫慂された。同じ「荒地」の詩人田村隆一についてはほうっておいても書く人がいるし、北村太郎にもファンがいる。しかし、単独者としての鮎川信夫については、多様な「鮎川信夫論」によって、それぞれの光に照らし出されるのが良い、と。しかも、評論ではなく、詩を中心に読んで書くようにとの強い指示だった。当時の私にとっては、それはとても難しいことだった。こうしてたどりついたところに、吉本隆明との交渉史がある。

鮎川信夫の批評ではなく、詩を中心に読んで書くこと、それが詩と批評を書く私に対する小田久郎氏の要望だった。何度か「鮎川信夫賞」の会などに出てみると、鮎川自身が晩年に書いた詩やコラムとともに、やはり吉本隆明との交渉史が印象深く心の奥に焼き付けられた。吉本隆明と父のように兄のように語ることのできたひとは、鮎川信夫ただひとりだったという言葉に、ふたりの関係は象徴されている。

難産のすえに成立した本書だが、もし、つけくわえることがあるとすれば、『鮎川信夫全詩集1945～1967』（一九六八年二月、荒地出版社）の「あとがき」にある鮎川信夫の生の声である。それまでの『鮎川信夫全詩集』には、本書でも触れた「アメリカ」の詩は入っていなかった。鮎川は「この前の詩集に収録しなかった「アメリカ」をいちおう決定稿のかたちで載せることにした。この前に載せなかったのは、これ自体を独立した作品として完成させるつもりだったのと、なりたちが他の作品とかなり違っているという事情を考えてのことであった」という。ここには、ファシズムやスターリニズムに対する鮎川信夫の「アメリカ」の詩と思想的散文がみえてくるだけでなく、今日、問題とされるアメリカの保守主義と鮎川自身の自由主義の問題が重ねあわされて語られる必要がある。

そして『ユリイカ』(編集長・三浦雅士)に掲載された鮎川信夫のエッセイをたまたまみつけたこと。「特集　金子光晴」(一九七二年五月号)の号であるが、「少年時代の私は、祖父にはずいぶん世話になった。夏休みはほとんど毎年、大野や福井で暮すのが例になっていたし、時には春休みまで祖父の許で過したこともある」「父が少年時代の私を嫌っていた理由を、私はこれまで少し単純に考えていたようである」(「祖父のなかにあったもの」)と、母方の祖父に似ているといわれたという鮎川の回想があった。それほど短くはない母と祖父の思い出について書いた文章だが、鮎川信夫の生の声を推測できる。鮎川信夫の「近代(モダニズム)」や「ヨーロッパ」や「詩を書くこと」そのものが、父親との確執に根があったことを考えると、父の死後の詩人の生き様が照らし出されてくるようだ。

戦後七十年という時間が過ぎ、「決して戦争をしてはいけない」という当たり前のことが改めて感じられる。今日の世界情勢と拡散した市民社会のなかでそう感じられるのも、平和な社会で生活できることを実感するからだ。島国特有の平和ボケがあるかもしれない。しかし、「決して戦争はしてはいけない」という自由主義的な意志さえあれば、日本における文化的な遺産はむしろ省みられてよいと思われる。自由主義とは、全体性によって、少数者としての他者を排除しないということである。それが、戦後という経験から学んだひとつの反省であることを記して、このエピローグを終えたいと思う。

本書の背景には、戦争が終った戦後から今日に至る時間と歴史とともに、自由主義的な考え方が何よりも重要なことであるという基本的な認識がある。本書が、戦後思想史の意義のある論点に接線を描いて触れられているならば、その趣旨は伝えられたものと思う。多くの緒先輩と読者の叱声を請う次第である。

かつての戦争を知るひとからみれば、私たちは戦争のない時代に生きて、それだけで幸せだということができる。そのことの意味を、戦争の残滓しか知らない私を含めて、私たちは軽率に取り違えてはいけないのだ。若いひとたちと、戦争を実際に知らないこれからのひとたちのために、本書はある。

鮎川信夫と吉本隆明の五十年に及ぶ「交渉史」は、戦後最大の詩人と思想家の「交渉史」といって良い。ふたりに影響を受けたひとたちは、単に詩や批評といった文学に関心があるだけでなく、そこに多くの「現在」の思想的拠点をもちながら、いまなお日々の生活を過している。それが、歴史の中でひとりひとり生きるということである。

本書をまとめながら、樋口良澄氏の『鮎川信夫　橋上の詩学』が上梓されることを聞き、鮎川信夫について書くこと、それを出版することの意味を、いまさらのように感じている。

登場する方々の敬称は省かせていただいた。

主要人物生歿年一覧

鮎川信夫（一九二〇―一九八六）
吉本隆明（一九二四―二〇一二）

ダンテ（一二六五―一三二一）
S・フロイト（一八五六―一九三九）
西田幾多郎（一八七〇―一九四五）
島崎藤村（一八七二―一九四三）
津田左右吉（一八七三―一九六一）
C・G・ユング（一八七五―一九六一）
柳田國男（一八七五―一九六二）
志賀直哉（一八八三―一九七一）
高村光太郎（一八八三―一九五六）
エズラ・パウンド（一八八五―一九七二）
北原白秋（一八八五―一九四二）
武者小路実篤（一八八五―一九七六）
中野正剛（一八八六―一九四三）
萩原朔太郎（一八八六―一九四二）
折口信夫（釈迢空、一八八七―一九五三）

T・S・エリオット（一八八八―一九六五）
西脇順三郎（一八九四―一九八二）
アンドレ・ブルトン（一八九六―一九六六）
安西冬衛（一八九八―一九六五）
横光利一（一八九八―一九四七）
尾島庄太郎（一八九九―一九八〇）
丸山薫（一八九九―一九七四）
北川冬彦（一九〇〇―一九九〇）
三好達治（一九〇〇―一九六四）
村野四郎（一九〇一―一九七五）
北園克衛（一九〇二―一九七八）
小林秀雄（一九〇二―一九八三）
中野重治（一九〇二―一九七九）
春山行夫（一九〇二―一九九四）
小野十三郎（一九〇三―一九九六）
草野心平（一九〇三―一九八八）
瀧口修造（一九〇三―一九七九）
近藤東（一九〇四―一九八八）
竹中郁（一九〇四―一九八二）

堀辰雄（一九〇四―一九五三）
伊東静雄（一九〇六―一九五三）
W・H・オーデン（一九〇七―一九七三）
最所フミ（一九〇八―一九九〇）
大岡昇平（一九〇九―一九八八）
竹内好（一九一〇―一九七七）
保田與重郎（一九一〇―一九八一）
武田泰淳（一九一二―一九七六）
丸山眞男（一九一四―一九九六）
石原吉郎（一九一五―一九七七）
A・ソルジェニーツィン（一九一八―二〇〇八）
中村真一郎（一九一八―一九九七）
堀田善衞（一九一八―一九九八）
森川義信（一九一八―一九四二）
黒田三郎（一九一九―一九八〇）
中桐雅夫（一九一九―一九八三）
三好豊一郎（一九二〇―一九九二）
安岡章太郎（一九二〇―二〇一三）
北村太郎（一九二二―一九九二）
木原孝一（一九二二―一九七九）
清岡卓行（一九二二―二〇〇六）
加島祥造（一九二三―二〇一五）
田村隆一（一九二三―一九九八）
疋田寛吉（一九二三―一九九八）
平林敏彦（一九二四―）
梅原猛（一九二五―）
牟礼慶子（一九二九―二〇一二）
饗庭孝男（一九三〇―二〇一七）
飯島耕一（一九三〇―二〇一三）
高橋英夫（一九三〇―）
磯田光一（一九三一―一九八七）
大岡信（一九三一―二〇一七）
谷川俊太郎（一九三一―）
エドワード・W・サイード（一九三五―二〇〇三）
北川透（一九三五―）
蓮實重彥（一九三六―）
柄谷行人（一九四一―）
瀬尾育生（一九四八―）
中沢新一（一九五〇―）
高橋源一郎（一九五一―）
浅田彰（一九五七―）
島田雅彦（一九六一―）

岡本勝人（おかもと・かつひと）
一九五四年生まれ。詩人、文芸評論家。

評論集
『ノスタルジック・ポエジー　戦後の詩人たち』（二〇〇〇年、小沢書店）
『現代詩の星座』（二〇〇三年、審美社）

詩集
『シャーロック・ホームズという名のお店』（一九九〇年、思潮社）
『ビーグル犬航海記』（一九九三年、思潮社）
『ミゼレーレ　沈黙する季節』（二〇〇四年、書肆山田）
『都市の詩学』（二〇〇七年、思潮社）
『古都巡礼のカルテット』（二〇一一年、思潮社）
『ナポリの春』（二〇一五年、思潮社）

編著
疋田寛吉著『詩人の書』（二〇〇六年、二玄社）
『定本　清岡卓行全詩集』（二〇〇八年、思潮社）「解題」

「生きよ」という声　鮎川信夫のモダニズム

二〇一七年四月三十日　第一刷発行

著者　岡本勝人

発行者　小柳学

発行所　株式会社　左右社
〒一五〇―〇〇〇二　東京都渋谷区渋谷二―七―六　金王アジアマンション
ＴＥＬ　〇三―三四八六―六五八三　ＦＡＸ　〇三―三四八六―六五八四
http://www.sayusha.com

装幀　清岡秀哉

印刷　創栄図書印刷株式会社

Printed in Japan. ISBN978-4-86528-141-5

左右社の本

東京詩　清岡智比古

詩人たちの東京をモチーフとした詩を東京という都市の〈地誌〉として作り出そうとする試みである――吉本隆明。石川啄木、与謝野晶子、中原中也から吉本隆明、谷川俊太郎、伊藤比呂美、さらに松任谷由実、宇多田ヒカルまで。五十六篇の詩のアンソロジー。

［二一五〇〇円＋税］

日本人論争　大西巨人回想　大西巨人

浮かび上がる〈日本人〉への問い。戦後文学を代表する作家大西巨人の一九九六年以降のエッセイ・評論、近年のインタビューを網羅的に収載。詳細年譜付。

［八三〇〇円＋税］

宮沢賢治　氾濫する生命　鈴木貞美

心象スケッチの謎、『銀河鉄道の夜』の謎、短歌の謎、「雨ニモマケズ」の謎、人生の謎、世界観の謎。同時代の科学、宗教、芸術、精神の地層から掘り起こす作品と人生の全体像。

［三七〇〇円＋税］

〆切本

夏目漱石から松本清張、村上春樹、そして西加奈子まで九十人の書き手による悶絶と歓喜の〆切話九十四篇。泣けて笑えて役立つ、人生の〆切エンターテイメント！

七刷三万部突破！［二三〇〇円＋税］

おはぐろとんぼ夜話　丸山健二

美しい山と深い森の中で孤立する限界集落。一通の手紙が、愚昧とも偉人ともつかぬ老船頭を揺さぶり、屋形船〈おはぐろとんぼ〉は故郷を流れる哲学の川を下る。やるせない人間たちの幸福と絶望を描く丸山健二文学の新たな傑作。

上中下［各巻四六〇〇円＋税］